W0385664

LA DONA QUE NO SABIA PLORAR

GASPAR HERNÀNDEZ

LA DONA QUE NO SABIA PLORAR

Columna

COL·LECCIÓ CLÀSSICA
PRIMERA EDICIÓ: ABRIL DEL 2018
© GASPAR HERNÀNDEZ, 2018
WWW.GASPARHERNANDEZ.CAT
© EDICIONS DESTINO, S.A.
© COLUMNA EDICIONS, LLIBRES I COMUNICACIÓ, S.A.U.
AV. DIAGONAL, 662-664 - 08034 BARCELONA
ISBN: 978-84-664-2364-9
DIPÒSIT LEGAL: B-4.256-2018
FOTOCOMPOSICIÓ: LOZANO FAISANO, S.L.
IMPRÈS A: CAYFOSA

www.columnaedicions.cat

Queda rigorosament prohibida sense autorització escrita de l'editor qualsevol forma de reproducció, distribució, comunicació pública o transformació d'aquesta obra, que serà sotmesa a les sancions establertes per la llei. Podeu adreçar-vos a Cedro (Centro Español de Derechos Reprográficos, www.cedro.org) si necessiteu fotocopiar o escanejar algun fragment d'aquesta obra (www.conlicencia.com; 91 702 19 70 / 93 272 04 47). Tots els drets reservats.

Per a l'Anaïs

TAULA

«Mostra el teu dolor, perquè el dolor que no expresses batega al teu pit fins a esclatar».

WILLIAM SHAKESPEARE

«Allà fora, més enllà de les idees del bé i del mal, hi ha un lloc. Ens veiem allà».

RUMI

Primera part

UN PEIX BULLIT

1

Ara tinc zones d'ombra, com en té tothom, però quan era un adolescent em considerava un bon noi, sense fissures. El meu únic objectiu a la vida, a més d'escriure, era ser una bona persona. Era un propòsit, suposo, fruit de la meva educació en col·legis de capellans. Durant la meva infància ser un bon nano volia dir confessar-me un cop per setmana, encara que hagués d'inventar-me els pecats, ja que no trencava mai cap plat, o gairebé mai. Volia dir no alçar la veu mai i alimentar un personatge que, per ser acceptat, sempre somreia i deia que sí a tothom. Enraonava en un to de veu baix, per no molestar. I mirava les noies de reüll, per vergonya i pudor. «Qui no carda a Olot no carda enlloc», feia una dita cèlebre. Però jo hi havia estudiat tota la vida i havia arribat als disset anys sense cap experiència al llit.

Tot va canviar quan vaig començar a treballar de becari en un diari de comarques. Hi vaig conèixer una sexòloga, que anomenaré Daniela Costa-Pau. Tenia molts més anys que jo, i era una de les primeres sexòlogues catalanes en una època en què el sexe era un tabú. Encara no entenc com es va encaterinar de mi, un noi inexpert que no li arribava a la sola de la sabata. El cas és que, ves qui ho havia de dir, vam acabar sent amants. I, tot i la meva poca traça, sempre vaig tenir l'esperança que algun dia podria escriure la seva història i, de pas, retre-li un petit homenatge. Perquè va ajudar moltes dones. Perquè va fer que visquessin el sexe sense prejudicis, seguint l'instint, tal com tradicionalment havien fet els homes —i com feia ella. A les seves pacients els repetia un vers que havia après de la psiquiatra feminista Jean Shinoda Bolen: «¿Què penses fer amb la teva preciosa, salvatge, única vida?». Puc donar fe que la Daniela Costa-Pau era una persona salvatge, en el sentit d'alliberada.

«La sexòloga», com l'anomenàvem al diari en què jo tenia la beca, en el passat havia treballat a l'Hospital Josep Trueta de Girona, i hi havia tractat pacients amb disfuncions. Uns pacients que abans havien anat al ginecòleg o a l'uròleg, dones que patien anorgàsmia o dificultats en la lubricació, o homes amb disfuncions erèctils o ejaculació precoç. Però com que a l'hospital ella no es podia ocupar del que més li interessava, el «plaer pel plaer», ben aviat havia començat a fer unes xerrades a la Casa de Cultura de Girona que sí que li permetien deixar-se anar. Les dones de la ciutat havien de saber que podien dur una vida sexual plenament satisfactòria. Ara bé, ¿què volia dir «dur una vida sexual satisfactòria»? ¿Fins a quin punt significava donar plaer, i fins a quin rebre'n? ¿Volia dir fer l'amor un cop per setmana o un cop al dia? Poques dones s'atrevien a plantejar-se la possibilitat de fer l'amor cada dia, elles mateixes se censuraven: fer-ho tan sovint era indecent. Calia desfer malentesos com aquell. I les xerrades els havien anat desfent. Al principi només hi anaven tres o quatre dones, però un dia en un ple de l'Ajuntament de Girona un regidor de dretes havia afirmat que aquelles «conferències» eren un punt de trobada «de gent sense moral» i que si fos per ell les prohibiria. I tot i que l'alcalde Joaquim Nadal hi havia tret ferro i havia argumentat que es feien «a títol informatiu», l'episodi havia provocat que augmentés considerablement el públic assistent a les xerrades i, de retruc, el nombre de pacients de la Daniela Costa-Pau. Havia sigut llavors quan havia deixat l'Hospital Josep Trueta i havia obert la seva pròpia consulta al Barri Vell. I havia sigut també llavors que el diari en què jo m'estava, *El Punt*, l'havia fitxada per escriure-hi articles.

No m'hauria imaginat mai que jo seria l'encarregat d'editar-li els articles. «De corregir-los», puntualitzava ella. Jo era a la secció d'opinió, i la meva feina consistia precisament en això: escurçar articles, titular-los i deixar-los a punt de maquetar. Als matins estudiava COU als Maristes de Girona, i a les tardes anava a la redacció del carrer Figuerola. El redactor en cap d'*El Punt*, Joan Vall, em devia haver vist la cara de bon noi, o de nano desesperat per col·laborar al diari, perquè m'havia deixat fer la beca un any abans que jo entrés a la facultat, a la Universitat de Girona. I m'havia fet un forat en una secció deixada de la mà de Déu, una secció sense adrenalina ni teletips d'última hora, en què només érem dos, l'escriptor Miquel Pairolí i un servidor. Ell era el cap i jo els peus, ell escrivia els editorials i també decidia quins serien els articles sobre l'actualitat «rabiosa» (l'adjectiu era del seu admirat Josep Pla) i jo feia les tasques d'edició, una feina grisa i monòtona, però que a mi ja m'anava bé. Tot i que no tenia clar si a la llarga volia ser periodista o escriptor, sí que sabia que volia escriure, i treballar a la secció d'opinió em permetia aprendre d'un escriptor de renom com en Pairolí. No crec que sigui gaire exagerat afirmar que era l'home que més rumiava del diari. D'ell en recordo l'aire embadocat, la mirada entre irònica i absent, els seus ulls grossos oberts de bat a bat. Del seu cos semblava desprendre-se'n alguna cosa hieràtica, volgudament parsimoniosa. Fèiem bona parella, semblàvem dos monjos als quals els era indiferent la vitalitat extravertida del periodisme del dia a dia. L'únic que alterava la nostra rutina era la visita setmanal de l'articulista més agosarada i excèntrica. En aquella època la figura de la sexòloga era poc habitual. ¿Què feien les sexòlogues? ¿Ensenyaven teoria o pràctica? Si és que ensenyaven alguna cosa, esclar. A Televisió Espanyola tot just havien començat a emetre el primer programa sobre la temàtica, *Hablemos de sexo*, que presentava Elena Ochoa, i arran d'aquell espai molts havíem descobert que sí, que encara que semblés mentida existia la professió de sexòloga. I ara resultava que cada setmana al diari en venia una, i era precisament jo el que havia d'enraonar amb ella. Daniela Costa-Pau podia haver-nos fet arribar l'article a través del fax, o d'una tecnologia encara més avançada, el mòdem, però preferia dur-lo a la redacció en mà, en un disquet. La recordo venint cada divendres. Era una dona que devia tenir poc més de trenta anys, però semblava més gran i madura. Alta, prima, elegant, de faccions anguloses i d'una bellesa ossuda. La mandíbula quadrada li denotava resolució i tossuderia. Tot el seu aire tenia un punt d'androgin; segurament hi ajudava que duia els cabells curts. A primera vista, era freda i desdenyosa: jo suposava que era la seva manera de marcar distàncies amb els molts homes que li devien tirar els trastos. No obstant això, podia ser amable. Amb mi almenys ho era, mentre li editava els articles. Recordo que s'asseia al meu costat, tots dos davant la pantalla de l'ordinador, i que els seus dits acostumaven a tamborinejar suaument damunt la taula. Jo posava tot l'esforç a no deixar-me intimidar, ni per ella ni per les mirades impúdiques dels redactors masculins, que semblava que zumzegessin al nostre voltant.

I mentre polia aquells textos sobre tot de joguines eròtiques, des de les boles xineses fins als consoladors (que, segons la sexòloga, els homes percebíem com una competència); mentre endreçava els seus textos sobre fantasies sexuals, que sovint transcorrien en ascensors, on la dona sempre era sotmesa per un home ben plantat, tot i que ella puntualitzava que era diferent la fantasia i la realitat, ja que en la fantasia la dona controlava la situació (en qualsevol cas, el propòsit de la sexòloga era transmetre a les dones que no s'havien de sentir culpables pels seus fantasiejos); mentre ajustava uns articles que tenien en mi l'efecte d'un excitant, un de subreptici que pujava gradualment pel meu cos, em repetia una vegada i una altra: «Estigues per la feina. No facis bromes fàcils. No t'excitis. No et despistis. Aplega la concentració necessària. Sigues un professional i, sobretot, sigues bon nano». I suposo que va ser aquell meu capteniment el que em va fer guanyar el seu respecte.

Una nit em va proposar anar al bar, a «prendre alguna cosa». Aquell vespre havíem trigat més de l'habitual a editar l'article, ens havíem quedat sols a la redacció. Vaig pensar que devia voler que féssim petar la xerrada, en un ambient distès, sobre els seus textos. Potser volia que jo n'hi donés una opinió general. Els seus eren els articles més llegits del diari, hi havia lectors que els retallaven i col·leccionaven, igual que devien fer amb les fotos de l'*Interviú* o del *Playboy*. No, ella no volia demanar-me l'opinió, ja que tan bon punt vam arribar al Nummulit, un bar que estava de moda, després de demanar dues cerveses i de dir-me paraules que ja no recordo (va ser com una introducció, per trencar el gel), em va deixar anar que jo li feia «gràcia».

Recordo que el Nummulit estava ple de gom a gom, que la decoració era metàl·lica, la llum àrtica, i sobretot recordo que jo no me'n sabia avenir. Vaig pensar el que després, durant tota la vida, he pensat sempre que he agradat a una dona: «Aquí hi deu haver un malentès». La sexòloga devia veure en mi atributs que no tenia.

Em va dir que li feia gràcia que a la redacció em posés vermell mentre li corregia els articles. També li feia gràcia que jo fes l'esforç de reprimir o dissimular aquell rubor. I, per acabar, li feia gràcia que jo arrufés les celles quan m'eixordava el soroll, perquè això demostrava, segons ella, que no estava fet per treballar en una redacció tan populosa.

—En resum, ets un noi molt sensible, i això és en realitat el que em fa gràcia de tu, que la teva sensibilitat sigui extrema. No sé si t'ho han dit mai, però ets el que s'anomena una PAS, una «persona altament sensible».

No, no m'ho havien dit mai, i no sabia de què

m'estava enraonant, la sexòloga. ¿Una PAS? Allò devia formar part d'una categoria o grup que se m'escapava de totes totes. Com que no sabia què respondre-li, li vaig donar les gràcies per la informació.

—Gràcies, Daniela. Ets molt amable.

—¿Sempre ets tan polit?

Em mirava de fit a fit, amb uns ulls freds i orfes d'humor, una mirada que jo no sabia com interpretar. De fet, tot el que m'acabava de dir tampoc sabia ben bé com entendre-ho, ja que m'ho havia dit seriosa, en un to de veu neutre, com si m'hagués parlat sobre un dels informes judicials que publicàvem al diari a la secció de successos, *Punt Divers*. Potser la sexòloga no volia resultar sentimental, potser li agradava despullar les seves paraules de qualsevol connotació romàntica. Fos pel que fos, l'havia notat freda, la sexòloga. Freda i metàl·lica com la decoració del Nummulit. Aquella nit s'havia maquillat tot el voltant dels ulls amb una lleu ombra fosca que produïa un contrast sorprenent amb el blau de l'iris. Un blau entre pàl·lid i agrisat que jo només havia vist en la mirada d'alguns gats. Duia un vestit jaqueta de color negre que compensava amb un mocador llampant, groc, que destil·lava una certa rebel·lia.

No recordo exactament la resta de la conversa. Sé que li vaig acabar donant la raó, no pas perquè fos «altament sensible»; allò em semblava una exageració. Però potser sí que no estava fet per treballar en una redacció tan populosa, ja que el soroll m'atabalava. De fet, ja m'anava bé fer la beca en una secció com la d'opinió, situada en un racó de la redacció: així no havia de sentir el xivarri dels companys. En aquella època compartia un pis a la Devesa amb dos estudiants i se'm feien una muntanya les festes que organitzaven, el brogit de les riallades i les paraules barrejades fins a ben tard a la matinada.

No recordo la resta de la conversa, però sí que conservo perfectament en la memòria que en un moment determinat ella va deixar la cervesa damunt la barra, va arrambar el seu cos contra el meu i em va fer un petó. Al cap de pocs minuts, ja anàvem cap a la seva consulta.

—Hem d'acabar el que hem començat —va dir.

Jo no em creia el que m'estava passant, el cop de sort totalment inversemblant que havia tingut. Aquella dona de bandera se m'oferia a mi, tan sols perquè jo era «altament sensible» i li feia «gràcia». Sí, hi devia haver un malentès.

La seva consulta, al número 2 de la pujada de Sant Domènec, era un pis acabat de reformar i disposava de dos espais generosos, més o menys diàfans. L'un, l'habitació de l'entrada, de color torrat, exercia de recepció. I l'altre, el seu despatx, tenia un escriptori de fusta i un sofà de color bordeus que en realitat era un sofà llit. Hi havia pocs mobles, si bé eren moderns i cars. L'única excentricitat en aquella decoració més aviat austera i clàssica era una vitrina amb consoladors molt grans. N'hi havia ben bé una dotzena, de mides irreals. Vibradors corbats, oferts al món del desig com si fossin fruites tropicals. Només els vaig poder donar una ullada, perquè la sexòloga de seguida em va fer passar al despatx i em va despullar, damunt el sofà llit. Al melic m'hi va trobar una mica de borrissol, de la meva samarreta de cotó. El detall li va semblar «entranyable».

Jo estava d'allò més nerviós. El problema, m'ho veia venir, era que difícilment estaria a la seva altura. Fins llavors no havia tingut cap experiència sexual, a causa de la meva timidesa. M'havien agradat força noies, era enamoradís, però no havia arribat més enllà dels petons i les grapejades amb la Berta, una mitja xicota que havia tingut. Val a dir que el context en què havia crescut hi ajudava: la societat olotina de l'època era conservadora en extrem. Les farmàcies es negaven a vendre preservatius argüint raons morals. Feia poc hi havia hagut un escàndol protagonitzat per un professor de l'institut de formació professional, que havia repartit dos mil condons entre els alumnes. A Olot, amb tantes fàbriques de sants, aquestes coses no es feien. Aquell era l'ambient en què jo havia crescut. Per acabar-ho d'adobar, havia estudiat l'EGB i el batxillerat als escolapis i als maristes. Era tan assenyat, que alguns professors em deien que quan fos gran podria ser un bon capellà. Per tot plegat, de cap de les maneres estava preparat per sortir-me'n, al llit, amb tota una experta.

La nit va ser un fracàs (o almenys això vaig pensar aleshores). Al principi vaig fer el que havia llegit als seus articles, és a dir, em vaig dedicar als «preliminars». Li vaig acariciar el cos, un cos atlètic, d'una perfecció gairebé matemàtica: alt, prim, musculat, sense gens de greix. Em vaig entretenir en els mugrons, li vaig llepar les arèoles fosques, vagament lleguminoses. Però suposo que jo devia anar massa lent i el meu estil devia ser massa atent, abstracte, ja que de cop em va etzibar:

—¿Vols fer el favor de deixar de ser un peix bullit?

A partir de llavors, ella va tenir la paella pel mànec i jo no vaig donar l'abast. Em va fer fer tot de postures i em va girar del dret i del revés, com si fos un filet, volta i volta. Em vaig atabalar, perquè no sabia com actuar, però suposo que ho vaig dissimular. L'autèntic problema va venir després, quan ella va començar a cridar. Suposo que volia demostrar que s'ho estava passant bé, i la seva manera de fer-ho era xisclant de valent. Tot i que no devia fingir el plaer, el dramatitzava. I a mi els xiscles sempre m'havien tirat enrere. Al diari no només arrufava les celles quan m'eixordava el soroll; tampoc no m'unia a l'alegria de tothom quan un company aconseguia una exclusiva, i crec que era degut als crits d'eufòria. En Pairolí m'havia dit que no havíem de ser emfàtics, ni en la literatura ni en la vida. I ara la sexòloga bramant a plens pulmons. Jo no estava acostumat a aquells esgarips. No vaig poder evitar quedar-me ben parat.

Em vaig bloquejar tant, que li vaig tapar la boca amb la mà. Va ser una reacció del tot instintiva, per bé que un instant després vaig pensar: «Potser li agrada. Potser ara estic deixant de ser "un peix bullit"». M'equivocava. Es va sulfurar. Va arrugar el front per reptar-me (com volent dir: «Qui t'has cregut que ets») i després em va clavar una queixalada als dits:

—A mi cap home em tapa la boca. ¿Ho entens?

Vaig estar a punt de vestir-me i de tocar el dos. Quedava clar que la nit havia sigut un fracàs, i que jo era incapaç de fer l'amor amb una dona aguerrida. Però de cop i volta, se'm va eixarrancar damunt la cara. El sexe li feia una olor fosca, intensa, de fruit de mar, amb lleugeres traces de gamba fresca. No va trigar gaire a arribar a l'orgasme, que ella va allargassar: sent una experta com era, devia poder allargar el plaer a consciència. Hi donava molta importància, al seu orgasme, i això em va cridar l'atenció: als articles hi deia que l'acte sexual no podia girar només al voltant del clímax. I, en canvi, ella s'hi va recrear força estona. Vaig pensar: «Almenys li has provocat un orgasme. No, els homes no en provoquem cap —ja hauries de saber-ho. Quina vana presumpció! Els homes tan sols som un mitjà. Com un dels consoladors que té a la vitrina». Hi va haver un últim detall que em va quedar gravat, d'aquella nit inaugural: quan va haver acabat, després del panteix final, es va posar les mans a la cara. Com si volgués protegir una part de la seva intimitat. Em va fer l'efecte que somicava, que plorava.

Vaig estar a punt d'oferir-li un mocador, però no m'hi vaig atrevir. Aquells segons, tal vegada minuts, se'm van fer eterns. Ella va continuar en la postura de recolliment, abraçant-se les espatlles, i jo no sabia què fer ni què dir-li. Tan sols sabia que em sentia culpable: si estava plorant, de ben segur que era degut a la meva poca traça. Es devia haver adonat que havia comès un error, embolicant-se amb mi.

Se'n va anar al lavabo, i quan en va tornar ja estava vestida i a punt per marxar. L'únic que va murmurar va ser que tenia pressa, que havia d'anar a buscar el cotxe al pàrquing i que encara havia de conduir una estona (vaig deduir que vivia als afores de Girona). Vam baixar les escales, i quan vam ser al carrer ens vam acomiadar. La pujada de Sant Domènec estava bruta i desgavellada després d'una nit de divendres etílica, feia pudor de pixats, hi havia llaunes de cervesa escampades per terra. Ella no em va fer cap petó de comiat. No devia voler que ningú ens veiés, per no donar peu a xafarderies.

La nit va tenir un epíleg o colofó dilluns, quan vaig tornar al diari. Òbviament, no comptava a dir res a ningú, en primer lloc per respecte a la seva privacitat, i en segon lloc perquè hauria hagut d'explicar que havia fet un trist paper: la nit havia acabat amb ella segurament plorant, penedint-se d'haver-se embolicat amb mi. No, no en volia parlar amb ningú, d'aquella nit. Però en vaig acabar enraonant amb en Pairolí. No vaig tenir cap altre remei, va ser ell qui va treure el tema, tan bon punt vaig arribar a la redacció. Em va picar l'ullet, i en un to de veu sorneguer em va dir:

—Divendres us vaig veure, al Nummulit.

No *et* vaig veure, sinó *us* vaig veure. Em vaig posar lívid. Jo no comptava que al Nummulit hi pogués haver algun redactor del diari, tot i que hauria hagut de recordar que aquell era el bar preferit dels periodistes gironins. De tota manera, vaig pensar, potser en Pairolí ens havia vist d'esquitllentes. Potser hi havia entrat un moment i, en veure-hi tanta gent, havia marxat de seguida. M'equivocava. Va afegir, amb la seva veu sibil·lina, serpentejant, com si parlés entre dents:

—Enhorabona pel petó.

Em mirava amb aquella seva expressió irònica. Fins llavors no havíem parlat mai de la nostra vida íntima. Havíem xerrat de música, del festival de Peralada, que ell no es perdia per res del món, i sobretot havíem enraonat de literatura. Ell feia poc havia publicat un dietari, *Paisatge amb flames*, i en el meu exemplar m'hi havia fet una dedicatòria molt generosa, com a futur escriptor. També havíem parlat dels articulistes que ens treien de polleguera, ells i les seves queixes quan els tocaves una coma. Però no havíem tractat mai de la nostra vida íntima, i ara se'm feia del tot rar mantenir aquella conversa.

—Estaves un pèl nerviós, ¿oi? No t'amoïnis. Bé, en qualsevol cas, no et felicito pel petó, sinó pel fet d'haver-lo aconseguit. Molts homes haurien volgut ser en el teu lloc. Qui ho havia de dir! Jo hauria posat la mà al foc que eres verge.

Em vaig ruboritzar. En efecte, jo fins llavors havia sigut verge i, en efecte, molts homes haurien volgut ser en el meu lloc. Retrospectivament, veurien la nit amb la sexòloga com una conquesta. Moltes vegades m'havia fet la sensació que els homes en feien només per poder vantar-se'n davant altres homes.

En Pairolí va continuar parlant, i ho va fer amb una vehemència que em va sorprendre, perquè era contrària al seu tarannà:

—Suposo que estàs d'allò més il·lusionat amb la Daniela. És lògic. Però t'he de dir una cosa, i em sap greu tirar aigua al vi. Crec que si t'ho dic ara, t'estalviaràs molt de patiment. Has de saber que pots prendre-hi mal.

—Puc prendre-hi mal —vaig repetir.

—Vés amb molt de compte. Ara que encara no és massa tard, és millor que hi mantinguis les distàncies, amb la Daniela.

Em vaig quedar atònit. No vaig saber què respondre, vaig mussitar «Gràcies» i vam deixar estar la conversa en aquell punt.

Em vaig girar cap a l'ordinador i vaig començar a treballar, o a fer veure que treballava, mentre no parava de donar voltes al que acabava de sentir. ¿Ho havia entès bé? ¿El meu cap de secció m'estava posant en alerta? ¿M'estava recomanant que mantingués «distàncies» amb una articulista de la seva pròpia secció, com si ella no fos de fiar? ¿L'hauria contractada, en Pairolí, si hagués sabut que no era de fiar?

Bé, l'important dels articulistes era que escrivissin articles interessants, no pas que fossin de fiar en l'àmbit personal. No, no podia ser que en Pairolí hagués volgut dir allò; jo ho devia haver entès malament. El que segurament m'havia volgut dir era que no me n'enamorés, de la Daniela Costa-Pau. Potser jo era un seu caprici, un de passatger, i si m'enamorava d'ella hauria begut oli.

2

Al principi no vaig patir gens d'enamorar-me'n. De fet, comptava no veure-la més. Després d'una nit que havia acabat com el rosari de l'aurora, no em quedava altre remei que acceptar que allò nostre probablement s'havia acabat, i que jo mai no estaria a l'altura d'una dona com ella. Mal que em pesés, havia de fer per oblidar-me d'aquell vessant de la sexòloga, el pràctic, que jo havia tingut el privilegi de compartir. Això vaig pensar, d'entrada. Però a mesura que passaven els dies, no me la podia treure del cap. En algun lloc havia llegit que l'enamorament era una forma d'obsessió: vint-i-quatre hores al dia pensant en algú. Doncs bé, tot el sant dia pensava en ella. Alhora, feia cavil·lacions sobre la meva sensibilitat, que, sí, devia ser excessiva. Un noi massa delicat, al qual desesperaven els crits. El meu paper amb ella havia sigut ben galdós.

No obstant això, passaven els dies i no podia evitar fer-me il·lusions de tornar a quedar-hi. Si ella em proposava de veure'ns de nou, jo m'hi escarrassaria d'allò més. Com que ja no estaria tan nerviós, potser els seus gemecs no m'afectarien. Amb una mica de sort, ella gaudiria de la nit, i, vés a saber, potser acabaríem sent amants. O, fins i tot, parella. Mare de Déu, quins fantasiejos, els meus. Sí, jo me'n devia estar enamorant; una de les conseqüències de l'enamorament era la idealització, i l'estava idealitzant, la Daniela Costa-Pau.

L'únic que no idealitzava era la seva fredor. Al Nummulit n'havia tingut una prova. I, ara que hi pensava retrospectivament, arribava a la conclusió que la resta de la nit ella també havia sigut d'allò més freda. M'havia fet fer tota mena de postures, que ara em semblaven uns exercicis gimnàstics —això sí, que ella havia executat a la perfecció. No m'havia adreçat cap paraula afectuosa. No havia tingut amb mi cap mostra de tendresa. Segurament aquella era la forma que tenia de mirar de compensar els anys, els segles, que molts homes s'havien comportat així amb les dones. Als articles havia escrit que les dones tenien dret a gaudir del sexe pel sexe, el sexe com un fi en si mateix, sense justificar-lo amb romanticismes, tal com tradicionalment havien fet els homes. Ella s'ho agafava al peu de la lletra, perquè amb mi havia adoptat una actitud masculina (una masculinitat, jo diria, mal entesa). Tant se valia. Si teníem una nova oportunitat de fer l'amor —ben mirat, no l'havíem fet: havíem follat, a seques—, potser m'aniria agafant confiança, s'aniria obrint i es mostraria més tendra i afectuosa.

M'equivocava. Vam tenir una segona oportunitat, i va continuar sent granítica, com un bloc de marbre.

Divendres de la setmana següent, ella va tornar al diari a dur l'article en mà i, un cop li vaig haver editat el text, un cop tots dos vam fer veure que entre nosaltres no havia passat res (els seus dits tamborinejant suaument damunt la taula, i jo enrojolant-me quan li vaig editar unes ratlles que tractaven sobre fel·lacions: «El secret d'una bona fel·lació», havia escrit la sexòloga, «són les ganes que la dona hi posa»), mentre feia veure que s'acomiadava de mi, fent-me dos petons, va xiuxiuejar-me a cau d'orella:

—T'espero a la consulta.

Hi vaig anar. Recordo que havia començat a ploure i que aquesta vegada la llum del seu despatx era tènue. El primer que va fer, sense dir-me ni ase ni bèstia, va ser anar a buscar un preservatiu a l'escriptori. Em vaig preguntar per a mi mateix: «¿Sempre els té allà, els preservatius, en un calaix? ¿Això vol dir que aquí a la consulta hi porta altres amants?». Em venia a la memòria un altre article (pràcticament tot el que sabia d'ella i de la seva forma de concebre el sexe ho havia llegit als seus articles) en què ella havia escrit que els homes que anaven amb moltes dones eren uns faldillers, però que si com a dona feies el mateix, et titllaven de «puta». ¿Ho havia escrit en primera persona? ¿Era una promíscua, ella? Potser tenia una col·lecció d'amants, i jo era un més. I segurament era d'allò, del que m'havia volgut alertar en Pairolí. En fi, m'hauria agradat saber-ho. M'hauria agradat fer-li aquelles preguntes, a la Daniela, i de retruc xerrar una estona. Però em feia por incomodar-la i que m'engegués. Ella, quedava clar, volia anar per feina, ja que un cop va tornar amb el preservatiu es va treure la roba tota expeditiva, com si tingués pressa. ¿Sempre era així, el sexe pel sexe? ¿Sempre s'havia d'anar tan per feina? Ara mateix, aquella manera de fer em semblava un xic inhumana. M'hauria agradat fer-la petar una mica, que hi hagués una mica de conversa entre nosaltres. Tanmateix, em va venir a la memòria que ella, als articles, deia que el sexe s'havia de practicar anant al gra. Que no calia que els dos amants quedessin per sopar abans, ni fessin veure que no sabien com acabaria la nit.

Aquella nit va transcórrer pràcticament igual que la primera. Ella em va fer fer les mateixes postures, girant-me volta i volta, com si jo fos un filet. O un objecte, un dels consoladors de la vitrina. Vaig procurar no ser un peix bullit. Vaig intentar engrapar-li les natges amb força, però les mans em relliscaven d'allò més, a causa de la seva pell entresuada i dels olis essencials que la impregnaven, em va semblar que eren de llimona i espígol. A fora la pluja s'havia desfermat amb força, me n'arribava el patac contra els vidres de la finestra i també el soroll de l'aigua que corria per alguna canonada: ara rajava pel voladís, després tornava a picar els vidres. També sentia els cruixits i espetecs de l'edifici, que es refredava i es contreia enmig de l'aire nocturn. I suposo que tot aquell soroll va fer que aquesta vegada no em bloquegessin els seus crits.

No em vaig escórrer, però tant se valia, l'important va ser que ella sí que va arribar a l'orgasme, després d'haver-se eixarrancat a la meva boca, com la primera nit. De nou, va allargassar el seu plaer, és a dir, hi va tornar a donar molta importància. El moment més important de la nit, o el que va fer palès el meu fracàs, va venir després, quan es va tapar les mans amb la cara i va començar a plorar. Aquest cop, no en vaig tenir cap dubte: ella estava sanglotant. Al cap d'uns segons o minuts que se'm van tornar a fer eterns, es va aixecar i se'n va anar al lavabo. Tenia el rímel i el maquillatge humits, desfets.

Devia haver plorat perquè la nit havia tornat a anar malament. Sincerament, em vaig enfonsar. Tota la il·lusió d'aquella setmana passada, l'esperança de consolidar el nostre vincle com a amants, o vés a saber, com a parella, ara em semblaven risibles. Havia quedat demostrat que no podia estar amb aquella dona. I no m'imaginava passant-me una setmana més fent conjectures sobre una tercera trobada sexual, amb la falsa esperança que encara podia millorar. Aquella expectativa em faria patir d'allò més, i no ho volia. Vaig decidir que a partir de la setmana següent ens veuríem al diari, editaríem plegats l'article, però sense la part de després, sense intimitat posterior. Ja m'espavilaria perquè no em fes mal el fet de veure-la cada setmana a la redacció.

Quan va tornar del lavabo, semblava alleujada. Ens vam acomiadar al capdavall de la pujada de Sant Domènec, al costat de la plaça de l'Oli. Però aquesta vegada no vaig quedar callat:

—Ho sento, Daniela, però crec que ho hem de deixar córrer.

—¿El què, hem de deixar córrer? —No semblava sorpresa, per aquell meu anunci. Em continuava mirant de fit a fit, sense expressar res; ni tan sols va moure una parpella.

—Deixar córrer el que tenim. Sigui el que sigui. No sé si em puc considerar un amant teu, no sé si en tens d'altres, com tampoc sé què esperes de mi, si és que n'esperes alguna cosa. Crec que avui ha quedat demostrat que no puc estar amb tu. Em sap greu. I també que tot plegat hagi acabat així, amb tu plorant. Ho he fet fatal. Entenc que estàs decebuda amb mi. Tan sols et demano que continuem sent col·legues a la redacció, i que no tornem a venir al teu despatx.

Jo no sabia si ella estava afectada pel que li acabava de dir: el seu rostre continuava sent inexpugnable. Tan sols em va respondre, de manera lacònica:

—No és com et penses.

—No és com em penso —vaig repetir. M'estava acostumant a reproduir les frases del meu interlocutor o interlocutora, quan no sabia com reaccionar. Potser era una manera de pair-ho, o de guanyar temps.

—Bon cap de setmana —va concloure ella, abans de girar cua.

Jo comptava no tornar a anar al seu despatx. I que a la redacció, a partir de llavors, ella m'ho posaria fàcil i faria veure que no havia passat res entre nosaltres, com tot just havia fet unes hores abans. I si no ho podia suportar, li demanaria que els divendres deixés de venir al diari i que ens enviés l'article per fax o mòdem, com feien la majoria d'articulistes. Això era el que jo havia cavil·lat, però com sempre la vida va tenir els seus propis plans: el dilluns següent vaig rebre una trucada que ho va canviar gairebé tot.

En aquella època, malgrat la meva inexperiència al llit, ja em considerava un adult del tot. Tanmateix, ara crec que aquella trucada, i la trobada que va provocar, va suposar l'inici de la meva edat adulta. Però potser ja s'havia produït al sofà llit de la sexòloga. O potser la meva edat adulta havia començat just després de la segona trobada, quan li havia dit que ho sentia molt, però que creia que ho havíem de deixar córrer. Perquè aquella havia sigut la primera vegada, que jo recordés, que m'havia atrevit a plantar cara a una situació. A donar una negativa per resposta. I a ser coherent amb el que em deia la meva veu interior, una veu que fins llavors sempre havia fet callar davant els desitjos o les necessitats dels altres, perquè com he dit volia ser un bon noi acceptat per tothom, i això suposava pagar un preu, que era donar sempre la raó o senzillament callar quan no m'agradava el que em deien o el que volien que fes. La infància i l'adolescència havien sigut normals i corrents, plàcides, diria, amb uns pares gens complicats que m'estimaven i que em feien la vida fàcil, però tot i això, a mesura que havia hagut de fer front a les típiques situacions injustes de l'escola, com un comentari negatiu d'un professor o d'un company de classe, la meva resposta havia sigut amagar el cap sota l'ala, no sembrar la zitzània ni buscar l'enfrontament, perquè no sé per quins set sous estava convençut que les bones persones evitaven el conflicte, i pretenia ser una bona persona per damunt de tot. Això no volia dir parar l'altra galta. No la parava al col·legi quan un noi em criticava, posem per cas, perquè no jugava mai a futbol —no m'agradava, perquè no m'agradaven els grups ni les colles—, però, això sí, tampoc m'hi tornava. No deixava anar cap exabrupte, ni cap sortida de to. Tampoc no m'agradava exposar-me en públic, perquè si t'hi exposaves, si participaves per exemple en les lectures de la Bíblia o en el recital de poemes de Nadal, t'arriscaves a ser el centre d'atenció, i no volia ser el centre d'atenció. Per això ara havia decidit que, com en Miquel Pairolí, seria un escriptor minoritari. Perquè així podria passar desapercebut, igual que ara passava desapercebut a la secció d'opinió, abandonada de la mà de Déu en un racó de la redacció.

Però m'estic desviant. Dilluns següent, quan feia poc que havia arribat al diari, vaig rebre una trucada que ho va canviar gairebé tot. Era d'un home, i al principi vaig pensar que o bé devia ser un articulista, o bé un lector que es volia queixar perquè li havíem retallat la seva carta al director.

—Sóc en Jofre Pallicera —es va identificar.

No el coneixia, no em sonava de res. Potser era un polític. De tant en tant, els polítics locals ens enviaven articles sense que els ho haguéssim demanat. En qualsevol cas, no coneixia aquell tal Jofre Pallicera.

—El marit de la Daniela Costa-Pau —va afegir.

Em vaig quedar esbalaït, blanc com el paper de fumar. No ho sabia, jo, que la sexòloga estigués casada.

—Disculpa que et truqui a la feina, però no tinc el teu telèfon particular. —Aquella veu, greu, vellejava. Era la veu d'un home molt més gran que la Daniela—. Sé que corregeixes els articles de la meva dona, i també que us heu vist fora de la redacció.

El cor em bategava com un timbal. Havia begut oli. Aquell tal Jofre Pallicera devia saber que la seva dona li havia sigut infidel, i de ben segur que em trucava per desfogar-se, per treure enfora la seva indignació. Òbviament, a qui havia de demanar explicacions era a la seva dona. Però el meu paper no havia sigut innocent. Vaig témer el pitjor, i vaig pensar: «D'un moment a l'altre es despenjarà amb retrets». Esperava sentir una veu iracunda, colèrica. Però en Jofre Pallicera va prosseguir en un to de veu amable:

—Tranquil, no t'he trucat per retreure't res. Qualsevol noi en la teva posició hauria caigut rendit als encants de la meva muller. T'he trucat per demanar-te que ens vegem, si tens la bondat.

Vaig pensar dues coses: que ell sabia del cert que la seva dona li havia sigut infidel (havia dit literalment «Qualsevol noi hauria caigut rendit als encants de la meva muller»), i que sí, devia ser un home gran, ja que es referia a la seva «muller», i havia utilitzat l'expressió «si tens la bondat». I ja ningú no enraonava així.

Va continuar, sent més explícit amb la seva petició:

—¿Ens podem veure demà?

El desconcert se'm devia notar a la cara, perquè en Pairolí em va mirar, com volent dir: «¿Va tot bé?». Com que a la secció només érem dos, era inevitable que ens adonéssim del tipus de conversa que l'altre mantenia per telèfon. Em devia notar col·lapsat, perquè em va mirar com preguntant-me si necessitava que ell enraonés amb aquell home, o que «apagués el foc», com acostumava a fer quan un articulista era un mal educat. Li vaig fer un gest per tranquil·litzar-lo, volent-li dir que tot estava controlat.

—Veig que t'has quedat mut —va fer en Jofre Pallicera a l'altra banda del fil telefònic—. Doncs això: ens hauríem de veure demà, si tens la bondat.

No sabia què respondre-li. Una part de mi volia fondre's allà mateix. Una altra volia tancar aquell episodi com més aviat millor. Però trobar-me cara a cara amb ell... per al meu jo tímid i empegueït, era massa.

—Segueixes estant callat, i ho entenc —va prosseguir, amb una veu que traspuava aplom i serenor, com si tingués l'objectiu de transmetre'm confiança—. Entenc que et faci cosa veure'ns. Entenc que el sol fet de pensar-hi et trasbalsi. Prou feina deus tenir, m'imagino, per pair l'episodi de divendres amb la meva muller.

Aquell tal Jofre Pallicera semblava estar al corrent dels detalls de l'afer. ¿L'hi devia haver explicat tot, fil per randa, la Daniela Costa-Pau? ¿Que jo havia fet un trist paper? ¿Que ella havia acabat plorant? Bé, almenys devia saber que jo no suposava cap competència per a ell. Que ja li havia dit adéu, a la seva dona. I que havia donat aquell vincle nostre, fos el que fos, per tancat.

—No pateixis, no t'estic demanant que ens vegem per retreure't res. El motiu d'aquesta trucada és concretar la trobada de demà, la podem fer tot passejant per la finca on vivim la Daniela i jo. Suposo que t'ho deu haver dit, ella, que vivim al campus de Can Benet Vives, al Montnegre.

—No, no ho sabia.

—Doncs sí, i resulta que ella demà és fora, de viatge, a un congrés de sexualitat a Madrid. Això ens permetrà a tu i a mi parlar tranquil·lament. Si ens allarguem, a la nit podrem continuar xerrant sense haver de preocupar-nos que ella vingui.

—Sense haver de preocupar-nos que ella vingui.

—No m'estic amagant de res, no et pensis que et vull dir alguna cosa a la seva esquena. Però la situació no seria còmoda per a cap dels tres.

—¿Me'n pot fer cinc cèntims?

—De què.

—Del que em vol comentar.

—Es nota que ets periodista, o que vols ser-ho. Entenc que t'agradaria disposar d'un titular periodístic sobre el que t'he de dir. Però si es pogués resumir en poques paraules, no valdria la pena fer-te venir. I no, no es pot resumir en poques paraules, i menys per telèfon. La història de la Daniela és massa delicada, i hi ha massa matisos.

—¿Em vol explicar la seva història?

—Sí, t'he d'explicar la seva història. Ja m'ha dit la Daniela que a la llarga vols escriure històries, ¿oi?

—Exacte.

—Doncs la que t'he d'explicar et posarà la pell de gallina.

Allò em va convèncer.

—D'acord, vindré.

3

Quan l'endemà vaig anar a Can Benet Vives, ja havia buscat informació sobre aquell campus. Amb tot, a l'hemeroteca del diari hi havia poques notícies, la majoria relacionades amb cursos i tallers que *El Punt* havia publicat a l'agenda, cosa que volia dir que Can Benet Vives no havia protagonitzat cap escàndol, ni havia sigut notícia per res que no fossin les seves activitats, que, d'altra banda, en aquella època eren força desconegudes i fins i tot estrafolàries, ja que estaven relacionades amb l'espiritualitat pràctica i la meditació, i molta gent encara associava l'espiritualitat amb la religió, i la meditació amb la reflexió (jo el primer).

Es tractava d'un campus de «desenvolupament humà», situat en una finca de vuit hectàrees al Parc Natural del Montnegre. Les fotografies eren esplendoroses: un grup de quatre masies, amb piscina inclosa, al bell mig dels tons verds i ocres del Montnegre. Vaig pensar que la Daniela Costa-Pau era una privilegiada pel fet de viure en aquell racó de món, i que si ho arribo a saber abans —abans que el sexe hagués embolicat la troca entre nosaltres—, li hauria demanat anar-hi una temporada, potser coincidint amb les vacances d'estiu, per escriure-hi pàgines d'algun conte o alguna novel·la. De tota manera, potser Déu o el destí o l'atzar (llavors encara creia en l'atzar) havia fet que fos precisament aquell, l'escenari en què podria situar una història reeixida.

M'hi va acompanyar un amic. Mentre hi pujàvem en cotxe vaig constatar que el paisatge, en efecte, era una meravella. Durant la nit havia plogut i ara el sol desprenia una lluminositat forta, com si volgués eixugar de pressa tot el que la pluja havia amarat. El camí feia giragonses, ara enfilant-se, ara davallant. Recordo que no podia evitar que la ment em tornés a en Jofre Pallicera. ¿I si m'havia enganyat? ¿I si allò de la història tan sols havia sigut un esquer per fer-me pujar i dir-me el que pensava de mi, del fet que m'hagués embolicat amb la seva dona? Encara que ell tingués més anys, jo dubtava que li fos indiferent que ella li hagués posat les banyes. En algun article, la Daniela Costa-Pau havia escrit que les persones no ens posseíem les unes a les altres, però jo dubtava molt que en Jofre Pallicera no se la sentís una mica seva, la sexòloga, i que no experimentés gelosia. L'expectativa de trobar-me'l cara a cara no em feia gens de gràcia.

El meu amic em va deixar a l'entrada, al costat d'un molí de vent. La terra era flonja, gairebé fangosa, i els peus s'hi enfonsaven una mica. En els replecs de les fulles encara hi havia gotes d'aigua que no s'havien evaporat. Les aromes que m'arribaven eren com una barreja de frescor i putrefacció, aquella olor espessa que tenen els boscos unes hores després d'haver plogut.

Em va rebre l'Andrea, la coordinadora del centre. Una noia petita, nerviosa com un ocell, a la qual una dent trencada li infonia un aire entremaliat. Duia un jersei color groc mostassa i uns pantalons de pana. Al coll, hi tenia un petit tatuatge. Em va fer dos petons, i em va dir:

—El mestre t'espera a la cuina.

—¿El mestre? —vaig fer, encuriosit.

—En Jofre.

Mentre anàvem a la cuina, li hauria volgut preguntar per què li deien «mestre», però l'Andrea es va embrancar a explicar-me coses d'ella i de Can Benet Vives. Em va dir que hi havia començat com a voluntària. Al principi, durant uns mesos, havia tingut l'allotjament i el menjar de franc a canvi de fer tasques de manteniment i d'ajudar a la cuina i a l'hort. Al centre hi vivien entre dotze i quinze persones, depenent de les temporades, sumant-hi treballadors i voluntaris.

—¿Viviu en comunitat?

—Sí.

—¿Sou una comunitat hippy? —Viure en comunitat a mi em sonava a hippy, per desconeixement, per prejudicis.

—Som una comunitat, i punt. —L'Andrea es va posar seriosa, com si la pregunta l'hagués ofesa una mica—. Estem ben organitzats. En cas contrari, no donaríem l'abast. Cada cap de setmana vénen grups de cinquanta o cent persones, i sense organització no podríem fer res de res.

Vam deixar estar el tema en aquest punt, perquè vam arribar a la masia principal. El vestíbul era una sala polivalent i feia les funcions de recepció, de menjador i de llibreria. Els ulls se me'n van anar als llibres: hi havia títols de Carlos Castaneda i de G. I. Gurdjieff. Vaig tornar a pensar que de bon grat m'hi estaria una bona temporada, en aquell lloc, llegint al costat de la llar de foc. Intentava distreure'm amb aquella mena de pensaments, ja que cada cop estava més nerviós davant l'expectativa de trobar-me cara a cara l'home de la Daniela Costa-Pau, i més ara que sabia que era un «mestre». «¿Mestre de què?», vaig pensar. «¿De sexe tàntric?».

El vaig veure a la cuina, i la meva primera impressió va ser la mateixa que havia tingut en sentir la seva veu. Llavors encara no havia arribat a la conclusió a què he arribat amb els anys: que la veu és l'autèntic mirall de l'ànima. La veu mai no enganya.

—Vet aquí el corrector d'articles —va ser el primer que em va dir.

No ho va dir en cap to despectiu ni sorneguer, ni, encara menys, amb superiorat. Aquell home no em mirava de dalt a baix ni amb altivesa, a pesar que era molt més gran que jo: podria haver sigut el meu avi. La seva figura desprenia una sensació de bondat i serenor. Segur que quan en Jofre Pallicera es posava a escriure, la seva prosa devia ser vagarosa i pausada, sense pirotècnia. Era un home alt, ample d'espatlles, a tocar de la setantena però que encara jovenejava, com si la vida no l'hagués gastat: la pell, tibant i sense gaires arrugues. Més aviat ben nodrit que no pas magre. Duia els cabells llargs i grisos recollits en una cua de cavall.

Rere unes ulleres rodones de carei, els ulls —en forma d'ametlla, amb un caient exòtic— em miraven amb seguretat i alhora amb dolcesa, com si empatitzessin amb mi. Al capdavall, ens unia un fil invisible amb la mateixa dona. La nostra era una història triangular, encara que el triangle no fos equilàter.

No ho recordo tot, d'aquell dinar, ja que la conversa important va venir després, quan vam anar a passejar pel bosc. Sí que recordo que ell va fer tot el possible per fer-me sentir còmode. Tal com m'havia assegurat per telèfon, no em va fer cap retret. Continuava sense tenir-les totes, i contràriament al que sol passar amb els nervis, l'estómac no se m'havia tancat. Recordo que el cuiner, que es deia Eric, havia preparat una típica amanida catalana, amb una gran varietat de vegetals de l'hort de la finca. De segon plat, vam poder escollir entre uns canelons d'espinacs o un assortiment de truites, de patates, carxofa i alls tendres. Tot plegat, acompanyat d'un pa de cereals amb tomàquet, un tomàquet deliciosament àcid, i uns cogombrets en vinagre.

Al dinar s'hi van afegir alguns treballadors i voluntaris del centre. Abans de seure a taula, ajuntaven les mans i feien una lleugera inclinació, en direcció a en Jofre Pallicera. ¿Inclinació o reverència? No ho hauria sabut dir; fos com fos, aquella era la manera de saludar el «mestre». Però un cop a taula, es mostraven del tot desimbolts. La taula, com que era rodona, estimulava la conversa de grup. Una voluntària d'accent andalús va explicar que s'havia passat tot el matí netejant la sauna, una petita cabana de fusta situada al costat de la piscina. Arran dels comentaris i anècdotes que van sortir a la conversa, vaig saber que cada dimecres al vespre els treballadors feien una «sauna collectiva», i tan bon punt acabaven, sense transició, sortien al jardí despullats i es banyaven a la piscina. Sí que ho devia ser, de hippy, aquella comunitat.

No vaig sentir res més, ja que a partir del segon plat en Jofre Pallicera va centrar la meva atenció. Algú havia tret el tema de la feinada que els esperava de cara a la setmana següent, i ell em va dir:

—Aquí se'ns menja el dia a dia.

Tot seguit em va resumir aquell «dia a dia» de la finca. Més que els tallers en si, el que els donava feina era que tot estigués a punt: comprar el material i el menjar, fer tasques de manteniment, remodelar les habitacions, cuidar l'hort i el jardí, envernissar la fusta de fora, etcètera. No era fàcil, perquè els voluntaris arribaven amb poca preparació.

—I quan els tens ensenyats, se'n van —va afegir.

La resta del dinar va seguir la mateixa tònica, i no va ser fins al final que ell va voler entrar en matèria. És un d'aquells homes antics, vaig pensar, elegants en les formes, que no abordava els temes espinosos d'entrada. Quan ja ens havíem pres el cafè (ell, un te matcha), em va preguntar, retòricament:

—¿Et ve de gust que anem a fer un tomb?

Va ser llavors que vam anar cap al bosc.

La vegetació creixia amb exuberància i ufana a cada pam de terra. Hi havia molta varietat de tanys, de fulles, de tons de verdor. A les vores, arran de terra, s'obrien minúsculs plançons de faig. El «mestre» (com el vaig començar a anomenar en el meu interior; potser se m'havia contagiat durant el dinar) em va dir que aquella havia sigut una de les periòdiques bones anyades de la fageda i que les fages s'havien escampat pertot arreu. També em va anar dient els noms dels arbres i dels arbustos: avets, cirerers, roures, alzines i arboços. En aquella zona hi havia espècies de les contrades més allunyades d'Europa. Una espècie d'avet idèntica a la d'alguns boscos d'Alemanya; el pi silvestre d'Escòcia; la blada dels boscos d'Hongria. Ell se'ls sabia de memòria: cada dia passejava per aquells camins. Procurava ser-hi sempre, a Can Benet Vives, però de tant en tant encara havia d'anar a Barcelona a impartir classes i cursos.

—Disculpi'm la pregunta, Jofre —vaig fer, encuriosit—. ¿Cursos de què, exactament?

En realitat volia saber per què l'anomenaven «mestre», i vaig pensar que formular-li aquella pregunta era una manera indirecta d'esbrinar-ho.

—Sóc antropòleg, com el meu col·lega Josep Maria Fericgla, amb qui vam fundar aquest campus. Però els cursos els faig sobre la vertadera identitat.

—¿La vertadera identitat? ¿La catalana? —vaig fer, encuriosit.

El mestre va estar a punt d'esclafir a riure. Amb tot, va prosseguir com si res. I ho va fer en un to pedagògic, el mateix que devia utilitzar als cursos i tallers:

—Sobre la vertadera identitat, que no té res a veure amb les nacions. Ni tampoc amb el «jo». Sembla mentida que l'espècie humana encara visqui creient que el «jo» és la seva naturalesa autèntica.

Vaig assentir amb el cap, però no entenia el que m'estava dient. Ell va continuar:

—Hi ha una falsa creença col·lectiva: la majoria de gent viu autoenganyada, suggestionada, creient que és el que en realitat no és. La majoria de persones es diuen a elles mateixes: «Jo sóc aquest organisme, uns trets físics i de temperament, les meves qualitats o defectes, el país en el qual he nascut, el meu nom i cognoms, la meva biografia, el que he aconseguit, els records, les creences». I no, aquesta no és la nostra vertadera identitat. Tampoc ho és l'autoimatge: com ens veiem. Ni com ens veuen els altres, la màscara social. L'ésser real no és això.

Vaig tornar a assentir amb el cap, no pas perquè estigués d'acord amb ell (no sabia ni de què m'estava parlant), sinó per demostrar-li que el seguia i que m'interessava el seu discurs. Era com si li estigués fent una entrevista, vaja. Aniria fent que sí, silent, per tal que l'entrevistat no perdés el fil.

—Ja sé que tot plegat et sona estrany, però el dia que vulguis ho pots experimentar tu mateix. De tant en tant, aquí a Can Benet Vives prenem medecina, i estàs convidat a venir, a prendre'n amb nosaltres i a experimentar tot això que t'estic dient.

—¿Medecina?

—També ens hi referim com «la planta». Estic parlant de l'ayahuasca, de prendre ayahuasca.

—D'acord —vaig fer, sense tenir ni idea del que era—. Moltes gràcies.

—De tota manera, no has vingut aquí per sentir-me parlar d'això. És de la Daniela, de qui enraonarem. De la seva història, i del moment en què es troba ara. Però abans que res, et vull donar les gràcies.

—¿Les gràcies?

—Per tot el que has fet per la Daniela.

Suposo que la meva expressió va ser d'incredulitat i fins i tot d'astorament. Vaig desviar la mirada: havíem arribat a una clariana oberta al bosc per un pedreguer, una mena de cascada immòbil de rocs esllavissats amb mates d'herba que havien arrelat a quasi totes les escletxes.

—Ja veig que et sobta que et doni les gràcies. Diria, fins i tot, que t'has posat vermell. No t'amoïnis, és lògic; deus pensar que tot plegat és estrany. Suposo que et deus preguntar què coi has fet, per la Daniela, més enllà de corregir-li els articles i mantenir-hi un vincle. Un vincle del tot inhabitual. Prou que el deus viure amb estranyesa, aquest vincle, i diu molt de tu que hagis vingut a Can Benet Vives, perquè a sobre te'n doni les gràcies.

Jo continuava sense saber què dir, però no volia ser desagradable amb aquell home que em tractava amb tant de respecte. De manera que li vaig respondre el primer que se'm va acudir:

—Gràcies per les gràcies.

Vaig fer una rialla per dissimular la meva torbació. El que jo havia dit, aclaparat per la situació excepcional, era poc menys que una collonada. Però un altre mèrit del mestre va ser acollir-la amb un somriure, com si jo hagués pronunciat un acudit enginyós. Em feia l'efecte que aquell home era capaç de no perdre mai la flegma ni l'actitud compassiva amb el seu interlocutor.

—Ja m'havia dit la Daniela que eres molt polit —va fer—, però no m'imaginava que ho fossis fins a aquest extrem. —Va riure uns instants, i després va prosseguir—: Però m'estic desviant. T'estava donant les gràcies. I et deus preguntar per què te les he donat. Et deus preguntar com pot ser que el marit de la dona amb la qual has compartit dues nits d'intimitat et doni les gràcies. ¿Oi que t'ho preguntes?

Vaig pensar: «Doncs si que està informat». Així, doncs, ell sabia exactament que havien sigut dues, les nits. Potser la Daniela l'hi havia confessat, en un rampell de culpabilitat. I el més sorprenent no només era que ell no em fes cap retret (¿Però quin podia fer-me, a mi? Més aviat els retrets haurien hagut d'anar per a ella), sinó que, a més, m'ho agraís. ¿I la gelosia? ¿Aquell home no n'experimentava? Potser per això li deien el «mestre», perquè estava per sobre de les passions mundanes.

—Sí, Jofre, m'ho pregunto. I també em demano, amb tot el respecte: ¿vostè no sent gelosia?

—Doncs sí, es nota que ets periodista —va fer amb un mig somriure, i es va fregar les mans com si la meva pregunta l'hagués estimulat. Si era un mestre, devia estar acostumat a les preguntes. Em va respondre, tornant a aquell seu to pedagògic—: Els *gelos* hi són, però s'han de transcendir, perquè són un afany de possessió. El concepte de fidelitat o d'infidelitat tampoc no té gaire importància. L'important és ser fidel a un mateix.

Li hauria preguntat què volia dir, amb allò de ser fidel a un mateix, però va donar la digressió per acabada (potser el dels *gelos* era un terreny relliscós), perquè va afegir:

—Hem de parlar de la Daniela. —Per primera vegada, en el seu rictus hi va haver tensió—. Segons m'ha dit la meva muller, les dues nits que heu estat junts ella va acabar plorant, oi?

Vaig assentir amb el cap. Quedava clar que la meva intuïció de la primera nit havia sigut bona, i que ja des del primer moment la Daniela havia acabat sanglotant.

—Suposo que el fet que plorés et devia deixar ben parat. Suposo que devies pensar que era culpa teva. Ja m'ha dit la Daniela que et vas quedar tan sorprès que ni tan sols li havies ofert un mocador. —Em va estranyar que li hagués explicat tants detalls: ¿Li devia haver donat, també, detalls sexuals? ¿Li devia haver contat els crits que ella proferia? ¿I com li havia tapat la boca? Vaig aturar els meus pensaments, perquè el mestre seguia enraonant—:

Doncs estigues tranquil, perquè el fet que plorés no va tenir res a veure amb tu. Bé, sí que hi va tenir a veure, perquè en realitat tu en vas ser l'agent provocador, com si diguéssim. Un catalitzador. O un desllorigador, com en vulguis dir.

—Igual que amb els orgasmes —se'm va escapar—. Un paper, el meu, secundari.

Ara va ser en Jofre, el que es va posar una mica vermell.

—Sí, exacte, bona comparació. I això que la Daniela m'havia dit que eres un peix bullit. Mi-te'l, deixa'l anar!

Tots dos vam riure.

—On vull anar a parar és al problema de la meva muller. Ja t'ho pots creure, aquesta dona que sembla equipada amb totes les virtuts, la professional transgressora que parla del que poca gent s'atreveix a parlar, i a qui tantes pacients i seguidores veuen com l'encarnació de la perfecció i la seguretat, aquesta dona, et deia, té un problema emocional que arrossega des de fa temps. Les llàgrimes, o la manca de llàgrimes, en són la representació visible. Tu que vols ser escriptor, potser diries que en són la metàfora.

—Bé, les metàfores no m'acaben de fer el pes. —En Pairolí sempre m'havia alertat contra les metàfores.

—Doncs deixem-ho estar dient que són la punta de l'iceberg d'un problema de fons. Fins ara, la Daniela no recordava haver plorat mai. I el problema no és la manca de llàgrimes, sinó el que això revela. No sé si m'explico.

—Sí i no. —Li hauria fet moltes preguntes periodístiques, a en Jofre. ¿De quin problema emocional estava parlant? El fet de no plorar, ¿no era un problema en ell mateix? ¿No sentia tristesa, la Daniela Costa-Pau?

—Bé, com que tenim temps per endavant, qualsevol pregunta quedarà contestada quan t'expliqui la seva història. Ho entendràs tot. I també entendràs per què et dono les gràcies. I no només això. Ja t'avanço que sigui el que sigui el que has fet amb la Daniela al llit (bé, el que has fet ja ho sabem: vull dir el «com». No hi entrarem, en el com, òbviament, perquè això seria una falta de respecte cap a ella), sigui el que sigui el que li has fet al llit, el que t'he de demanar és que ho continuïs fent. Que comparteixis estones d'intimitat amb ella, i que continuïs fent exactament el que has fet. Jo no seré cap obstacle, al contrari. Compta amb tot el meu suport.

«Mare de Déu», vaig pensar. «És surrealista, tot plegat. ¿Ho estic entenent bé? ¿Què he fet, jo, al sofà llit de la Daniela, a banda del ridícul? ¿I si m'està prenent el pèl, aquest home? ¿I si tot plegat és una broma, o un joc?».

No havia fet res, amb la Daniela, a més de seguir les seves instruccions. No entenia de cap de les maneres que allò fos motiu d'agraïment. I, encara menys, que ara el seu marit m'estigués demanant que ho continués fent, amb l'objectiu que ella pogués plorar. Fos com fos, quedava clar que ell no devia sentir gaire desig per la seva dona, si anava esperonant joves (o ni que en fos només un) a embolicar-s'hi.

—Deus pensar que no sento desig per la Daniela. Que potser fa massa anys que estem junts i que ja no sento per ella atracció física. O potser creus que sóc un cínic. Però sé que l'ajudo a ella dient-te precisament això: que estiguis del tot tranquil, que continuïs fent el que fas i que comptes amb tot el meu suport. No seré cap destorb, ni faré nosa.

—A veure si ho entenc bé. —Li vaig plantejar una pregunta del tot periodística, per mirar de començar a treure'n l'entrellat—: ¿L'objectiu és que la Daniela plori més?

—Sí.

—¿I tan important és per a ella?

—És summament important. No voldria ser grandiloqüent, ni exagerat (si alguna cosa procuro fer és viure i enraonar amb senzillesa; no puc dir que sigui humil perquè llavors ja no ho seria, però sí que puc afirmar que no sóc grandiloqüent), però que la Daniela pugui continuar plorant i fer una catarsi a través del plor, i no voldria exagerar, et puc ben assegurar que per a ella és una qüestió de vida o mort.

Vaig pensar: «Sort que no vol exagerar!». Tot plegat em semblava molt exagerat. I no entenia res de res. «Però no pensis. No arribis a cap conclusió precipitada». Ens havíem aturat al costat d'una font. La terra continuava sent fangosa. Aquella banda de muntanya era més aviat obaga.

—Jofre, voldria mirar d'entendre-ho. A veure. ¿M'està dient que la vida de la Daniela depèn, en certa manera, del fet que ella pugui plorar més?

—Exacte.

—Sincerament, no ho entenc. No comprenc què tenen a veure unes llàgrimes amb la supervivència d'algú. A més, la Daniela fa bona cara —anava a dir que tenia molta empenta i energia al llit, però me'n vaig estar—, i que jo sàpiga té bona salut.

—Té una bona salut des d'un punt de vista físic.

—Segueixo sense entendre res de res.

—Tornem a la masia i, si et sembla, t'ho explicaré amb calma. Tens temps, ¿oi?

Sí, esclar que tenia temps. Havia pujat a Can Benet Vives per escoltar aquella història. Tot el que jo havia de fer em semblava una frivolitat, en comparació amb el que m'estava dient aquell home (sempre que no estigués jugant amb mi, cosa que encara no descartava del tot). També trobava frívol que jo m'hagués encaparrat pels crits de la Daniela. Si el que hi havia en joc era la seva vida, tot canviava.

I podia arribar a entendre que a en Jofre tant se li'n donés, que un jovenet se n'anés al llit amb la seva dona. Si el que estava en qüestió era la vida d'ella, la gelosia passava a un segon o tercer terme.

Tanmateix, jo seguia sense entendre què tenia a veure el fet de plorar més amb la vida o la mort de la Daniela. No m'imaginava quina podia ser la relació entre una cosa i l'altra.

Per això, un cop vam haver tornat a Can Benet Vives, durant les hores que en Jofre em va estar enraonant, primer al despatx del seu soci Fericgla, un despatx des del qual es veia el cel d'un blau esbandit, el mar i el port de Calella, i després asseguts davant la llar de foc de recepció, mentre ell anava parlant amb la seva veu calmosa i agafant troncs, tions d'alzina per mantenir el caliu, tots dos prenent cafè i te, jo cafè i ell un te matcha que va allargar fins a l'hora de sopar, quan vam tornar a la cuina i vam menjar una sopa de verdures i un salmó a la planxa, durant totes aquelles hores que en Jofre em va estar xerrant, vaig repetir-me, com un mantra: escolta aquest home. Escolta atentament tot el que t'està dient, i no l'interrompis. Deixa'l parlar. Pren-ne nota mentalment: no només per curiositat i per resoldre els teus dubtes. No només per saber quin ha de ser a partir d'ara el teu paper amb la Daniela. Escolta'l, i pren-ne nota mentalment, ni que sigui perquè el dia de demà, de tot el que t'està dient, en podràs escriure una bona història.

SEGONA PART

LA CATARSI

1

Quan en Jofre va conèixer la Daniela, teòricament ja s'havia jubilat. Havia deixat bona part de les classes d'antropologia a la Universitat de Barcelona. Només anava a la ciutat de tant en tant, a impartir-hi algun curs, i es dedicava en cos i ànima a Can Benet Vives, per intentar convertir-lo en un centre de referència europeu, un de cultiu del món interior. A pesar dels esforços, encara quedava molta feina per fer. La majoria de gent vivia adormida, desconnectada d'ella mateixa, i l'últim en què pensaven era en el cultiu del seu món interior, una pràctica del tot extravagant. El que li sabia més greu a en Jofre era que la visió de la vida que ell divulgava, la no-dual, la que havien transmès els grans savis de la història i el punt en comú de totes les tradicions espirituals, no estava arrelant entre la majoria de la població, ni tan sols entre una massa crítica. Costava molt que les persones s'adonessin de la seva vertadera naturalesa. La majoria de la població vivia enganyada, igual que els seus avantpassats quan estaven convençuts que la Terra era plana. Una mena d'hipnosi col·lectiva, transmesa al llarg dels segles, de generació en generació: creure que només érem un cos, i una ment encapsulada en el cos. Per contra, segons la no-dualitat, en una escala profunda només hi havia una consciència, no pas set mil milions de consciències al planeta Terra, i la separació aparent entre persones era un engany dels sentits. «Una il·lusió òptica de la ment», tal com l'havia qualificada el científic Albert Einstein.

En Jofre havia descobert aquella seva vertadera naturalesa feia molts anys, quan escrivia la tesi doctoral sobre una comunitat amazònica de Putumayo, a la selva colombiana. Allà, els xamans, mitjançant els somnis i substàncies psicoactives com l'ayahuasca, copsaven «la realitat real», la que hi havia més enllà de *maya*. A Europa titllàvem aquelles cultures d'endarrerides i fins i tot primitives; representava que nosaltres érem els evolucionats. En aquella època estava de moda el «realisme màgic», i era una llàstima que els escriptors que pertanyien a aquell moviment consideressin que eren estrafolàries o «màgiques» àrees de la realitat que eren dins nostre o al nostre abast, però que teníem del tot oblidades. Se'ns havien fet tan alienes com les profunditats submarines ho eren per als passatgers d'un creuer turístic. Occident veia el món des de la superfície.

«Si s'obrissin les portes de la percepció, a l'home tot se li apareixeria tal com és, infinit», havia escrit William Blake. Doncs bé, en Jofre obria les portes de la percepció amb l'ayahuasca. A diferència d'altres substàncies psicoactives, com la mescalina o l'LSD, el consumidor de «la planta» no perdia en cap moment el contacte amb el que l'envoltava. Ell tenia visions de tota mena, d'arquetips de l'inconscient col·lectiu, però quan anava més enllà d'aquelles visions, talment com si anés més enllà d'una boira o boirina, entrava en un estat semblant al de la meditació, de quietud, de no pensar gaire, de sentir-se bé amb ell mateix i amb els altres, i, encara més important, copsava la seva autèntica naturalesa. Experimentava que ell era «un» amb les altres persones i també amb els arbres, les muntanyes i la resta d'éssers vius. I, quan acabava, se sentia empès a donar-ho a conèixer. No podia no compartir les virtuts de l'ayahuasca i el seu potencial.

Això no era fàcil, perquè molts governs encara la

consideraven una droga. Hi havia molta hipocresia al voltant de les drogues. No tenia sentit que el tabac i l'alcohol fossin legals, amb les morts que causaven, i que a l'ayahuasca li costés tant obtenir l'autorització de l'Organització Mundial de la Salut. L'ús religiós de «la beguda» estava explícitament protegit al Brasil, els Estats Units, el Canadà i Holanda. D'altra banda, era considerada patrimoni cultural del Perú, Colòmbia, l'Equador i Bolívia. Però malgrat això, la DMT (un alcaloide present en algunes de les plantes de les quals s'obtenia l'ayahuasca, com la *Psychotria viridis* o la *Diplopterys cabreana*) era a la mateixa llista que la cocaïna i l'heroïna. Era una bestiesa. Estava catalogada com un producte sense interès mèdic: una altra bestiesa. Si alguna cosa s'havia demostrat era el poder terapèutic de l'ayahuasca. La beguda facilitava processos de catarsi, d'un alt valor guaridor.

La Daniela Costa-Pau va arribar per primer cop a Can Benet Vives buscant aquella catarsi. En aquella època ell ja havia organitzat el treball amb «la planta», i estructurava les intuïcions i les visions. No n'hi havia prou de prendre'n com aquell qui bevia whisky. De tota manera, a Can Benet Vives no en prenien gaire: tot i que el consum no creava addicció, eren partidaris de no abusar-ne, a diferència d'algunes religions brasileres. Es reunien per prendre'n un cop al mes. A les trobades només hi podien anar amics, i un amic d'algun amic.

Va ser així, un dissabte, que una amiga d'en Jofre, la psicòloga Eugènia Llort, s'hi va presentar amb la Daniela. Totes dues eren companyes de feina, treballaven a l'Institut Bolinches de Barcelona. L'únic que sabia en Jofre —a través de l'Eugènia Llort— era que aquella noia necessitava una catarsi.

Quan l'Eugènia Llort els va presentar, a Can Benet Vives hi estaven fent obres. Encara havien de remodelar el teulat de la masia principal: algunes bigues de fusta estaven corcades i fins i tot podrides, i el teulat estava a punt d'esfondrar-se. En Jofre, amb el seu soci Fericgla, s'havia hipotecat fins al capdamunt per posar els fonaments metafòrics i reals d'aquell «campus de desenvolupament humà». Doncs bé, en el moment en què l'Eugènia Llort li va presentar la Daniela, es trobaven al vestíbul, i un moble va cedir amb estridència (els corcs devien haver acabat de fer la seva feina). La Daniela va assenyalar la biga corcada, i va dir a en Jofre:

—Ja veig que el vostre centre no s'aguanta per enlloc.

Va riure, encantada amb la causticitat del seu

humor. A continuació, va quedar en silenci durant uns instants, absorta en els seus pensaments. Després, va alçar la vista i va continuar, amb la veu enjogassada:

—Així que tu et dediques a drogar la gent.

—Només drogo la gent que vol deixar d'estar perduda —va fer ell, picant-li l'ullet.

La Daniela li va dedicar un somriure, però era postís, i ell va pensar per primer cop: «Aquesta noia deu tenir una psique complexa». Era una noia atractiva, ningú no ho podia negar. D'una intel·ligència lúcida i una llengua esmolada. La seva bellesa era una mica feréstega. Potser hi influïa el seu rostre ossut, o la mandíbula prominent.

Van fer el ritual de presa d'ayahuasca a entrada de fosc. Va dirigir la cerimònia el soci d'en Jofre, en Fericgla, que ja tenia la intuïció aguditzada d'un xaman. Ell també sabia cuinar bé la planta, mesurar-ne les dosis. Cada participant només en podia prendre dos petits gots. Es trobaven a la sala gran, la sala d'«observar-se», asseguts en semicercle, al voltant de les espelmes. En total devien ser una trentena de persones. Al costat d'en Jofre es va asseure la Daniela, tal com havia de ser, ja que durant el ritual la feina d'ell consistia a fer de «facilitador» dels nouvinguts. Ell responia les seves preguntes i els acompanyava a fora, a l'era, en cas que es maregessin o tinguessin un mal viatge. Bé, gairebé tothom es marejava: un dels efectes secundaris de «la beguda» era el vòmit. Era molt recomanable vomitar, perquè després «la planta» feia més efecte.

Així doncs, van fer el ritual, i en Jofre va veure de ben a prop la Daniela. Ella no va necessitar en cap moment la seva assistència, no va tenir dubtes, ni por, ni va haver de sortir a vomitar. I va ser precisament allò, el fet que ella es mostrés impertèrrita, el que va cridar l'atenció a en Jofre.

En Fericgla tocava el tambor, movia suaument les branques i feia els cants ícars. La seva veu era un xiuxiueig que anava i venia enmig de llargues estones de silenci: els ícars eren com un fil que durant el viatge unia els participants a la realitat física, tangible. La Daniela no només no semblava tenir cap mal viatge, ni cap visió desconcertant, sinó tampoc cap experiència positiva. Era com si el seu viatge fos del tot neutre. No movia cap múscul de la cara. En Jofre, llavors, ja havia fet de «facilitador» o acompanyant de moltes persones, i sempre hi havia moments en què notava com se sentien. Solia notar la seva relaxació muscular, i com es trobaven en un estat de plenitud o expansió. De vegades passava tot el contrari, una escalfor encesa els cremava la pell de les galtes, i ell ho notava. En canvi, aquella noia, res de res. Respirava fondo, i prou. Ni tan sols parpellejava. No s'havia quedat adormida, ja que de tant en tant movia els braços i les cames, per estirar-los. Però tampoc semblava tenir-hi cap pessigolleig, a diferència del que els passava a molta gent.

Quan van acabar, a en Jofre li va cridar l'atenció un últim detall significatiu. A Can Benet Vives hi tenien un costum amb els nouvinguts, un que d'entrada, calia reconèixer-ho, era desagradable. L'últim d'arribar era l'encarregat de netejar els cubells de plàstic del defora, els que contenien els vòmits. Era una mena de novatada, com al servei militar. Doncs bé, la Daniela va netejar els vòmits sense anguniejar-se. Havia començat a nevar, l'aire era fred, els arbres ja estaven enfarinats, i ella buidava els vòmits i ensabonava els cubells com si allò fos una activitat quotidiana. I una estona abans, quan en Fericgla li havia servit l'ayahuasca, tampoc no havia dit, a diferència del que solien dir els participants, que era fastigosa o repugnant, o que tenia gust de fang. Se l'havia empassada d'un glop, i tira avall que fa baixada. «En fi, una dona dura», va pensar en Jofre. «Dotada d'una qualitat guerrera i fins i tot heroica que molts homes no tenim». Almenys ell n'estava mancat, d'aquella heroïcitat. En certa manera la buscava en l'ayahuasca, igual que molts homes la buscaven en l'alcohol. I aquella duresa d'ella, en Jofre no ho podia negar, l'atreia. La duresa i la psique complexa.

El que el va deixar més astorat va ser el que va venir després, durant el sopar. L'estona del sopar acostumava a ser agradable, i molts dels participants hi feien bona cara; encara estaven flotant, com en un somieig. El plat a taula venia a ser una prolongació del que abans havien sigut els cants ícars o el so de les branques o els tambors: el contacte amb la realitat física i tangible. Amb el benentès que el que acabaven d'experimentar no ho havien viscut com una fantasia. Talment com feien els indígenes, acostumaven a descriure les visions com si pertanyessin a una realitat objectiva. Havien entrat en contacte amb una realitat, la més real, que fins llavors, en la vida ordinària, amb prou feines percebien vagament.

Durant el sopar, al menjador, estaven asseguts en una taula amb l'Eugènia Llort. La Daniela menjava amb fruïció una hamburguesa vegetal, no semblava que acabés de netejar vòmits. Hi va haver un moment en què l'Eugènia va explicar les visions que ella havia tingut: formes geomètriques abstractes, de molts colors. Però la Daniela no badava boca. En Jofre va pensar: «Potser ha tingut un mal viatge».

Perquè ella es deixés anar, ell li va explicar que després de prendre ayahuasca a un li podien venir visions de tota mena, i que no s'havia d'espantar. Eren típiques les de felins o d'insectes i, esclar, d'arquetips de l'inconscient col·lectiu, com dragons, monstres, guerres, escenes d'agressions i ferides. En Jofre havia enumerat un ampli ventall de visions per tal que la Daniela no se sentís cohibida si havia tingut una experiència d'aquelles, o qualsevol altra del tot surrealista. A Can Benet Vives sempre deien que no calia preocupar-se per les imatges rares. Feia un mes, un amic d'ells, un banquer, havia experimentat una escena que tenia lloc a Wall Street. Estava caminant pel carrer quan, de sobte, sense transició, havia vist que davant seu queia del cel... un cocodril! Allà, a la famosa avinguda de Nova York, i a plena llum del dia. Amb «la planta» connectàvem amb el cervell primitiu, i aquelles visions eren habituals.

Va ser llavors que per fi la Daniela va compartir la seva, de visió. I a en Jofre el va deixar glaçat. No tant per la imatge, esgarrifosa, sinó perquè ell sabia que mentre ella havia tingut aquella visió estava del tot impertèrrita: ni tan sols havia mogut les parpelles.

—He vist la meva mare —va dir la Daniela—. Sense cap dubte, era la meva mare. Era al capdamunt d'una foguera, cremant-se lentament. —Va deixar anar una rialla amarga. En la seva expressió no hi havia sorpresa, ni tristesa, sinó un deix de sarcasme, que en Jofre no sabia com interpretar. Va prendre un got d'aigua i va continuar—: Però no s'estava en una foguera qualsevol, ni era com si la cremessin, posem per cas, pel fet d'haver sigut una bruixa. En la imatge estava travessada per un ferro enorme, ensangonat, i el seu cos anava donant voltes lentament damunt la foguera, com si fos un pollastre a l'ast. Fins i tot li regalimava una mena de suc, com el dels pollastres quan giraven.

Fins aquí, doncs, la visió escabrosa de la Daniela.

En Jofre li va dir que l'ajudaria a treballar-la. L'endemà, li va dir, farien el treball posterior a la ingestió de l'ayahuasca. Integrarien l'experiència, en el sentit de veure el conjunt de la panoràmica des d'una òptica diferent de la de la nit anterior.

—No te'n pots anar amb la caricatura, amb la imatge de la teva mare rostint-se com un pollastre a l'ast, i quedar-te tan ampla.

No obstant això, l'endemà la Daniela se'n va anar cap a casa sense haver fet el treball d'estructuració, ja que nevava molt. Queien unes volves grosses com el plomissol d'una oca, i si els amics que aquell cap de setmana havien fet la sessió d'ayahuasca no se n'anaven, ja no podrien marxar. El mantell de neu es tornaria ben gruixut, i el camí quedaria intransitable fins que passessin les màquines llevaneu. De manera que la Daniela va sortir a primera hora del matí sense entrebancs, i va desaparèixer amb la visió de la mare encara recent. Però en Jofre no es va preocupar, perquè no la va notar afectada.

Tanmateix, li hauria agradat compartir una estona més amb ella, per entendre el seu misteri. Sí, en aquella noia hi havia alguna cosa misteriosa i a ell li hauria agradat capbussar-s'hi, com si es llancés a la piscina, una piscina d'aigua tèrbola, això no ho podia negar. ¿Per què sempre l'atreien les dones complicades? ¿Potser perquè les altres, les convencionals, l'avorrien? ¿Quina gràcia tenia una dona convencional? Solia dir als seus alumnes que la vida era un misteri per viure, no pas un problema a resoldre. Doncs bé, la psique d'aquella noia era un misteri, pel fet que fos tan dura, tan granítica. I perquè, per si fos poc, es dedicava professionalment al sexe, a divulgar-lo. ¿Devia ser guerrera, també, al llit? «No, no hi pensis», va dir-se. «Tens una edat en què hauries d'estar per sobre del sexe. Vius tranquil, entre altres coses, perquè ja no estàs a mercè ni de l'amor romàntic —l'últim mite que queda en la nostra societat— ni dels impulsos sexuals. Per tant, arribat en aquest punt de la vida, no t'enfangaràs en cap nova relació sexual. I "No seduiràs", tal com diu un dels manaments del mestre espiritual Gurdjieff».

No va fer falta. Va ser la Daniela, la que el va seduir la setmana següent. Aquella segona presa d'ayahuasca va tenir lloc un diumenge. Aprofitant que els dies eren rutilants i transparents, van fer el ritual al matí, al replà que hi havia al costat de la piscina. Prendre ayahuasca a l'aire lliure era un esdeveniment com n'hi havia ben pocs.

Aquella segona vegada en Jofre també va fer de «facilitador» de la Daniela: com que els havia quedat pendent el treball de reestructuració de la visió de la seva mare, considerava oportú estar a prop d'ella. A més, li venia de gust ser-hi. En la seva actitud cap a aquella noia s'hi barrejaven dos impulsos: el seu impuls de «salvador», i l'eròtic. Pel que feia al primer, n'havien parlat moltes vegades amb l'Eugènia Llort, perquè era un tret comú de tots dos. Tant l'un com l'altre tenien tendència a voler «salvar» els altres. I a en Jofre se li apropaven persones que necessitaven ser rescatades, homes i dones amb problemes sobretot psicològics, que no estaven bé amb ells mateixos o amb la família, o que fins i tot havien patit algun brot psicòtic i no sabien fins a quin punt allò havia sigut el senyal del seu «despertar» espiritual. La majoria eren persones desorientades, que no sabien què fer amb la seva vida, i a les quals «la planta» els era útil per escoltar la veu interior, altrament dita el mestre interior.

Els primers anys de Can Benet, després de la presa d'ayahuasca en Jofre quedava algunes vegades més amb la persona en qüestió, per «ajudar-la». Però amb el temps va limitar la seva acció a una sola sessió, la de reestructuració, perquè va arribar a la conclusió que en general, a la vida, ningú no podia ajudar ningú. Això no volia dir que no haguéssim de ser solidaris, ni lluitar per una bona causa, o que no haguéssim de donar als que més ho necessitaven roba o aliments o diners, si en teníem. No, en Jofre no es referia a aquella mena d'ajut, sinó a un altre, un de moral, consistent a donar consells, convençuts que sabíem el que més li convenia a una persona determinada. Com si penséssim: «T'ajudo perquè veig clar el que has de fer. Et dono consells perquè sé què és el millor per a tu». Una espècie de superiorat, fins i tot de supèrbia. Potser estàvem interferint en el decurs natural de la vida d'aquella persona. Potser necessitava equivocar-se, per aprendre la lliçó, i nosaltres ho estàvem impedint amb la nostra ajuda benintencionada.

No, ell no podia ni volia ajudar ningú, i s'havia hagut de treballar l'impuls de «salvador», que ara li ressorgia amb força amb aquella noia, que es veia d'una hora lluny que tenia qüestions psicològiques a resoldre. A més, hi havia l'impuls eròtic. En aquella època la vida d'en Jofre era un desert sentimental, i ho era a propòsit, perquè malgrat que havia aconseguit viure amb pau interior, o precisament per això, el trasbalsava d'allò més tot el que tingués a veure amb l'amor romàntic. Feia anys, tres dècades, s'havia casat amb una antiga companya de classe, la Joana. El seu havia sigut un matrimoni reeixit, sense fills, fins que ell havia anat a Colòmbia a fer l'estada a la comunitat de Putumayo i hi havia descobert l'ayahuasca. El problema amb la Joana no havia sigut l'ayahuasca en si mateixa, sinó el canvi de paradigma que havia suposat per a ell. Havia experimentat, per primera vegada, que no érem un «jo», que la nostra consciència anava més enllà dels organismes cosment, i tot i que al principi creia que delirava, al cap del temps va tenir la certesa que aquest deliri era collectiu: la religió i la cultura havien fet creure a la major part de la humanitat que eren éssers petits i limitats. Si la gent sabés de debò el que era realment, si hi hagués una massa crítica que «despertés», al món hi hauria una autèntica revolució. Els polítics impedien l'accés a substàncies psicoactives com l'ayahuasca —i als estats ampliats de consciència—, perquè si la gent en prenia, «el sistema» se n'aniria en orris. Moltes persones s'adonarien de l'engany col·lectiu en què havien nascut i crescut, i deixarien de ser un ramat de xais.

La Joana es va divorciar d'ell no tant per les seves idees ni per la teoria, sinó perquè ja no vibrava com ell. A ella, el mateix terme, «vibració», li sonava rar i esotèric. Li feia la sensació que el seu marit s'havia begut l'enteniment, que «la droga» l'havia trastocat i li feia dir disbarats. No tenia res a veure amb l'home ponderat i recte que havia sigut fins aleshores, el de carrera previsible, segurament a la universitat, on estava destinat a fer el doctorat i, vés a saber, assolir algun càrrec com el de rector o degà. El seu marit va llançar el prestigi per la borda quan va descobrir l'ayahuasca, perquè fins i tot menystenia allò, el prestigi, un concepte abstracte i fals que no tenia cap relació amb qui realment érem, i que feia patir molta gent, sobretot els professors universitaris i els metges o advocats, massa pendents de la idea que els altres tenien d'ells: costava molt, estar a l'altura d'aquella imatge. Sí, ell la va engegar a rodar, igual que es va desfer del seu ego, i tot allò el va distanciar de la Joana, que ja no entenia aquell seu home que ho relativitzava gairebé tot, el prestigi, els diners, les picabaralles polítiques, que deia que eren fruit de l'ego fals, el que sustentava tota la societat, el que provocava fins i tot guerres. Tu tens la raó i jo no, jo sóc millor i estic per sobre teu, la meva religió és millor que la teva, el meu Déu té raó i el teu no. Era una autèntica bogeria col·lectiva, ja que el Déu al qual es referien les religions era el mateix, la consciència única i eterna que tot ho abraçava, i de la qual els éssers vius formaven part, fins al punt que tots i cadascun d'ells podien dir: jo sóc Déu.

El dia que en Jofre va dir a la Joana que ell era Déu —«I tu també», va afegir—, la relació va anar pel camí del pedregar. Ja feia temps que a casa hi havia tibantors, però aquell va ser el detonant, i al cap de poc ella li va demanar el divorci. A partir de llavors ell va viure llargues temporades en soledat, perquè només així podia meditar i tornar a aquell espai de pau i tranquil·litat. Va tenir alguns afers, va sortir amb algunes dones, fins i tot va mantenir-hi alguna relació més o menys llarga, però totes van acabar malament perquè ell ja no les veia com abans, ni com la majoria de gent. En tenir el convenciment que tots érem el mateix, la mateixa essència, en veure l'altre com a part d'ell, li resultaven del tot inconcebibles unes conductes que la societat considerava normals, com per exemple la gelosia: ¿de què havíem de tenir *gelos*, si nosaltres érem «també» l'altra persona? Jesús havia deixat clar que no havíem de fer als altres el que no volguéssim per a nosaltres. Doncs bé, per la mateixa regla de tres, havíem de fer als altres el que volíem per a nosaltres; tots érem un, tots érem el mateix.

No podia no semblar-li bé, a en Jofre, tot el que beneficiés la seva parella. Encara que fos, dut a l'extrem, que ella se n'anés al llit amb un altre home —o dona. L'enamorament tenia data de caducitat, després venia l'amor profund, i era lògic que en aquella etapa llarga hi pogués haver atracció per altres persones. Doncs bé, ell acceptava que una parella seva pogués embolicar-se amb algú altre; les persones no ens pertanyíem les unes a les altres, no podíem dir «el meu home» i «la meva dona». Aquella manera de veure els vincles topava amb la de les seves parelles, que posaven el crit al cel i deien que a ell li relliscava la relació, o que era un indiferent o un cínic. I l'acabaven deixant. I ell es recloïa encara més en ell mateix, en les profunditats de la meditació i l'ayahuasca, connectant amb aquella part del seu ésser que era com el fons del mar i que no estava a mercè de les onades ni dels vaivens de la vida quotidiana. Se sentia un ermità dins la cova.

Després d'haver conegut la Daniela Costa-Pau, però, tenia ganes de sortir del cau. El dia que va coincidir de nou amb ella, durant la segona sessió de presa d'ayahuasca, aquell diumenge que farien el ritual al replà de la piscina, al costat de la sauna, tan bon punt ell la va veure (aquella noia alta i ossuda i d'ulls blaus i freds, dotada d'una qualitat guerrera), el primer que li va dir va ser:

—Avui també et faré de facilitador. Et protegiré de tu mateixa.

I ella va assentir amb el cap, li va semblar bé que ell la protegís d'ella mateixa, perquè li va respondre, picant-li l'ullet:

—Em faràs de pare.

Aquell segon diumenge, el ritual va transcórrer amb normalitat. La Daniela es va prendre la dosi de la planta, el petit got, tira avall que fa baixada, i després va tornar a estar quieta com un estaquirot, sense moure cap múscul facial ni parpellejar. En Jofre la mirava i pensava: «Vés a saber quines visions deu estar tenint». Potser unes imatges esgarrifoses estaven travessant la seva ment, i ella continuava sense immutar-se. Sí, aquella dona era un bloc de granit.

Quan feia més d'una hora que havia ingerit «la planta», ella li va demanar si la podia acompanyar a fer un tomb. Quan un nouvingut l'hi sol·licitava, solia ser per dos motius: o bé volia anar fins als cubells a vomitar i no es veia amb cor de fer-ho sol, o bé volia anar al lavabo. Si volia vomitar, ell procurava mantenir-se a prop seu, a pocs metres. En cas contrari, si s'apropava massa, era probable que l'intimidés i que de sobte l'altre ja no tingués arcades. Si el que volia era anar al lavabo, la seva feina consistia a procurar que no es quedés adormit, ni tancat a dins. Ell s'esperava fora, i després l'acompanyava fins al seu seient, mirant de no trepitjar la resta de participants, molts dels quals s'estiraven a terra.

Però la Daniela Costa-Pau no volia res d'això. Volia anar a passejar, al bosc. En Jofre l'hi va acompanyar, i quan van arribar a un racó penombrós, al llindar de l'aveteda, ella, sense dir res, va començar a despullar-lo. Potser havia intuït que ell se sentia atret per ella, i, com que era ella l'agosarada, havia pres la iniciativa.

Van fer l'amor. A en Jofre li va quedar gravada la seva fogositat. Un assedegament, l'ànsia de posseir-lo. «És com si aquesta noia», va pensar, «només es donés permís quan fa l'amor per deixar-se anar, o per deixar-se sentir». Era una manera de fer l'amor, calia dir-ho tot, d'allò més expeditiva, sense carícies ni xiuxiuejos a cau d'orella: si hi havia futures trobades entre ells dos, ell li ensenyaria que el sexe podia ser més enriquidor si un estava amatent a l'energia de l'altre.

Quan van tornar a l'esplanada de la piscina, en Jofre li va recordar que tenien previst de treballar la visió de l'altre dia, la de la seva mare rostint-se com un pollastre a l'ast:

—Si no és que avui no n'has tingut una de més potent.

No, li va respondre ella. Al contrari. La visió d'avui havia estat plàcida. Havia sabut perfectament que no era el seu cos.

—El cos era com un vestit que m'anava petit, que m'engavanyava.

Durant la visió, ella es desempallegava d'aquell vestit i experimentava una llibertat extraordinària. Notava, o, més ben dit, «sabia» que ella era el mateix que la natura que l'envoltava, «una» amb els arbres i les plantes. No hi havia separació entre ella i el que l'envoltava. El paisatge tancat s'obria literalment a l'infinit.

—Ha sigut meravellós —va afegir la Daniela.

A la tarda, quan la resta del grup va haver marxat, van prosseguir amb la conversa. Aquell cap de setmana ella havia vingut sola, amb el seu cotxe, i no tenia pressa. En Jofre la va convidar a la seva habitació, amb l'excusa de fer un te i estructurar la visió de la seva mare a la foguera, per bé que en el fons ell volia tenir unes hores d'intimitat amb ella, per continuar enraonant i, si s'esqueia, tornar a fer l'amor. L'habitació d'ell era petita, i el mobiliari mínim: un llit, un escriptori, dues butaques, una taula de centre i un llum de peu. La finestra donava a l'era, a les altes branques d'un avet, i el primer que va fer la Daniela quan va entrar a l'habitació va ser obrir la finestra i respirar fondo.

—T'he de parlar de la meva mare, i parlar-ne em treu de polleguera. ¿Tenim temps?

—Tot el temps del món —va fer en Jofre.

—La història és una mica llarga. És una història, en el fons, d'enveja.

—¿D'enveja de qui?

—De la meva mare.

—¿Com?

—La meva mare m'envejava.

En Jofre va quedar parat. No havia sentit mai que una mare envegés una filla, un ésser pel qual teòricament hauria d'haver sentit amor incondicional.

—¿Per això la vas veure a la foguera?

—Sí, cremant-se lentament. Perquè tot el mal que em va infligir va ser lent, al llarg dels anys.

—¿Quina mena de mal, si es pot saber?

—La manca de feminitat. Em va fer una dona masculina, i ara ja ho seré per sempre més.

—La feminitat es pot treballar i potenciar.

—Però ja no tindré mai pits, ni malucs.

—Bé, anem a pams, Daniela, si et sembla —va fer ell, adoptant el rol de «salvador». Ella estava recolzada a l'ampit de la finestra, i acabava d'encendre una cigarreta—. Anem a pams. Tenim tota la tarda. ¿Vols un te? M'ho pots explicar, tot plegat, mentre prenem un te matcha.

2

Van estar enraonant fins ben entrada la nit. No van fer més l'amor, a ella no li va venir de gust, alterada com estava pel fet d'haver de parlar de la seva mare i de la manca de feminitat que li havia provocat al llarg dels anys. Tot havia començat —li va explicar, de forma cronològica— quan ella era petita i la seva mare, la Constança, l'havia fet vestir a totes hores com un nen, amb xandall i pantalons texans. Vivien amb el seu pare en un pis de Sant Gregori Taumaturg de Barcelona, la plaça en què s'acabaria construint la famosa església rodona. La Daniela recordava que anava a jugar amb els nens al Turó Park, i es barallava i s'enfangava amb ells. Volia ser ferma com un noi.

La seva mare era dura com un home, no pel físic, però sí pel tarannà: una executiva agressiva, que després d'haver estudiat Ciències Econòmiques i Empresarials havia acabat tenint un càrrec important a l'administració. En concret, era la responsable de compres dels principals hospitals catalans; d'ella depenia bona part de la despesa mèdica a Catalunya. Amb l'assessorament d'un comitè format per metges de renom, ella decidia quants diners es gastaven els principals centres hospitalaris en antibiòtics o aspirines. En resum, era una dona amb molta responsabilitat. I una avançada al seu temps, ja que era la que mantenia la família. La petita Daniela en va aprendre, a banda de la tenacitat i «l'esperit de sacrifici», que una dona no havia de ser menys que un home.

El seu pare, en Ciril Costa-Pau, un nom, per cert, el de Ciril, que tirava enrere la Daniela (tot i que adorava el seu pare i n'estava enamorada, creia que aquell era un nom risible, que l'impossibilitava per dur els pantalons a casa), era el propietari d'un petit taller artesanal de titelles (el seu hauria sigut un bon nom per a un titella), en què elaboraven els titelles a mà, amb pasta de paper, a diferència del que dictava la moda, els fabricats en sèrie de plàstic o, encara pitjor, de làtex. El taller era del tot deficitari, però en Ciril estava convençut que un dia o altre donaria beneficis. Amb la Constança s'havien conegut a la facultat, tot i que ell havia deixat la carrera al tercer curs per muntar el seu taller. Sempre havia estat convençut que al cap dels anys generaria prou per poder mantenir la família. De tota manera, els diners eren secundaris, per a ell. Sempre deia que l'important era el «ser», no pas el tenir. A diferència de la seva dona, ell no estava orientat als objectius ni als resultats.

Vivien en un pis agradable, polit, amb quatre habitacions ben espaioses i amb dos lavabos impol·luts. Els taulons de terra, enllustrats amb cera, brillaven amb una perfecció avorrida. La Constança només hi anava a dormir, perquè treballava un munt d'hores. Influïa d'allò més en el caràcter de la filla, a pesar que no li veia el pèl.

Amb qui la petita Daniela passava més temps era amb el seu pare. En aquella època en què hi havia tantes «mestresses de casa», en Ciril feia aquell paper. La seva prioritat era veure créixer la seva filla; deia que el millor que li podia oferir era la seva «presència», just el que no li podia aportar la mare. La duia a l'escola, l'anava a recollir, l'ajudava a fer els deures, li feia el sopar i, un cop al llit, li recitava contes dramatitzats amb titelles. Se n'enfundava un a la mà, de la Blancaneu, de la Caputxeta Vermella, de Pinotxo, i la Daniela es quedava adormida sentint la veu càlida del pare.

Un home sensible, molt sensible, amb unes maneres suaus, pulcre, alt, amb els cabells ondulats i recollits en una cua de cavall, que era l'única llicència que es permetia en la seva fesomia. A la Daniela li agradava d'allò més, aquell era el seu detall preferit, juntament amb el clotet enmig de la barbeta: de vegades n'hi sortien uns diminuts pèls rebels. En resum, un gentilhome, que feia una impressió digna i reservada. Va morir als quaranta-dos anys, en un accident de cotxe a Xile, quan viatjava per obrir mercats per exportar els titelles. La Daniela sempre el recordaria com un home que no havia trobat el seu lloc al món, a diferència de la mare, que sempre havia tingut les idees clares. En Ciril i la Constança eren les dues cares d'una mateixa moneda, i la Daniela al principi els admirava tots dos, però mentre que del pare en valorava la sensibilitat, de la mare en preferia la fermesa de caràcter.

—No seràs mai una fleuma, ni una bleda assolellada —li deia la mare.

I la Daniela s'ho agafava al peu de la lletra. No només es barallava amb els nois al Turó Park, sinó que jugava a futbol amb ells. Duia els cabells curts com els xavals, i no portava mai collarets ni braçalets ni arracades. Al principi, esclar, aquella vestimenta havia sigut idea de la mare, però al cap del temps la Daniela ja s'hi sentia del tot identificada, i no volia cap altra roba. ¿Estava creixent en ella la llavor d'una feminista? Tal vegada. Fos com fos, no li agradava que li regalessin faldilles, i no suportava el color rosa, ni les ungles pintades ni les nines. No era lesbiana, com se'n deia aleshores. Els nois li agradaven d'allò més i ja orbitaven al seu voltant. Hi havia petons i grapejades (se n'encarregava ella: als nois els costava fer el primer pas; els intimidava, ella), però no volia perdre el temps amb sentimentalismes ni emocions barates. Sí, les emocions eren del tot barates. Els homes no parlaven d'emocions, ni les expressaven. Les emocions, segons havia estudiat ella a classe, eren del tot irracionals: ¿per què calia fer-ne un gra massa? ¿Per què feia falta recrear-s'hi, com feien tantes dones, sobretot quan els venia la regla? No, ella volia ser ferma com un noi i era capaç de contenir i fins i tot de reprimir les emocions. El món emocional de les dones li provocava tant de rebuig com el fet de pintar-se les ungles o dur faldilles.

La Constança celebrava la manera de ser de la seva filla, a pesar que ella era tot el contrari. Era una executiva agressiva, sí, però la seva forma de fer era sinuosa i d'allò més femenina. Només calia donar una ullada al seu armari: rengles de faldilles prisades de cotó i seda de tonalitats rosades; mocadors d'Hermès; una col·lecció de sabates de taló que comprava a París, Londres i Nova York, i també vestits estampats de flors que comprava durant els viatges al Carib, a congressos organitzats per companyies farmacèutiques que presentaven nous medicaments i que, esclar, no només hi convidaven metges de tot el país, sinó la Constança, que podia fer compres per més valor que les de tots ells junts. Era obligat, per tant, que anés mudada. I, certament, feia goig: una dona guapa i formosa (tot i que ella sempre es queixava que li sobraven alguns quilos), pleneta i ampla de malucs. El seu principal atractiu era la cara, molt maca. Tenia els ulls blaus, i un esclat de vermell als pòmuls que s'intensificava si s'enutjava. Pel que feia a la melena, vistosa, amb els cabells negres i llargs, hi dedicava tota mena d'atencions: anava cada dos per tres a la perruqueria i reservava cada dia una bona estona per raspallar-se-la.

El fet que fos tan primmirada amb la seva imatge contrastava amb la manera com feia anar vestida la filla. Al principi, la Daniela estava convençuda que aquell fer-la anar com un noi, amb xandall i texans, era un regal de la mare. Gràcies a aquella vestimenta, i a la «formació del seu caràcter», ella no seria mai una fleuma ni una bleda assolellada. Tindria més eines per sortir-se'n, a la llarga, en el món competitiu dels homes (a diferència del pare).

Al cap del temps, però, va concloure que aquell havia sigut un regal enverinat. La mentalitat de la petita Daniela, inconscientment, havia anat esculpint-li el cos: sense pit, sense malucs ni panxells, i consegüentment, sense voluptuositat. I a la seva mare ja li havia anat bé. En certa manera havia sigut la Constança, l'artífex del cos de la filla. Així ella era la femenina, la dona que encaixava en els cànons de l'època, la dona amb majúscules, i la Daniela no li feia la competència. ¿La competència? ¿Tenia enveja de la seva filla? ¿Podia una mare envejar una filla? La Daniela s'ho va preguntar entre els setze i els disset anys. Abans no s'ho havia plantejat. Havia intuït un canvi en el rictus de la seva mare cada cop que l'afalagaven a ella, la filla, però no hi havia donat més importància.

No obstant això, en el període comprès entre els setze i els disset anys, va saber quin pa s'hi donava. En Ciril es va haver d'entregar de ple al taller de titelles. No cal dir que la Daniela, que continuava estant-ne secretament enamorada, trobava a faltar el seu escalf, la seva «presència», però entenia que la prioritat del seu pare fos el taller, ja que l'empresa feia aigües pertot arreu. Havia hagut de reduir la plantilla, i ell mateix havia hagut d'assumir bona part de les tasques, com pintar els titelles i cosir-ne la roba amb la màquina Singer. Ara era ell qui feia més hores que un rellotge. Malgrat això, el negoci no reeixia. A casa hi havia tensions i hostilitats obertes, en Ciril callava i mantenia un posat digne, però la Constança li retreia tot el que ell hauria d'estar fent i no feia: hauria d'estar obrint «nous mercats» i fent prosperar el seu «model de negoci» a l'estranger. En l'última conversa que la Daniela havia sentit, la Constança li deia, en aquell seu to de correcció militar, que ja n'estava cansada, de mantenir la família i de pagar-ho absolutament tot.

Així doncs, en Ciril va començar a viatjar per obrir «nous mercats», a passar setmanes senceres a l'estranger. Viatjava a les principals capitals d'Europa, però també a Llatinoamèrica, per exportar els titelles, no pas a grans magatzems, que en venien de làtex, i ell es negava a fabricar titelles de làtex, sinó a botigues exclusives que apostessin per la qualitat artesanal (en un d'aquells viatges, havia de morir d'accident de trànsit).

Mentre ell viatjava, la Daniela va tenir l'ocasió de constatar l'enveja de la seva mare, i com tot allò que havia semblat un regal, el seu tarannà masculí, la forma de vestir, en realitat havia sigut una estratègia per evitar que la seva filla li fes la competència. La seva mare era una narcisista, i no suportava no ser el centre d'atenció.

Hi va haver un episodi revelador. Va ser durant un casament, el del fill d'en Jesús Pahissa, el millor amic de la Constança. En Ciril no hi va poder assistir perquè era a Mèxic. Va tenir lloc al Tibidabo, i durant la cerimònia i el dinar a peu dret, la Daniela ja va notar força mirades clavades, d'homes, esclar. La devien mirar perquè era alta, i més o menys guapa, i perquè era l'única dona que s'atrevia a dur pantalons i els cabells curts. Hi va haver un moment en què ella va advertir que uns homes la repassaven de dalt a baix, amb el puro a la mà, mentre exhalaven unes grans fumarades i enraonaven sobre el parc d'atraccions del Tibidabo, que anava a mal borràs a causa de l'èxit del cotxe Seat 600 (la Daniela no acabava d'entendre quina relació hi havia entre una cosa i l'altra). De sobte, la Constança s'hi va apropar, molt enfadada.

—Fas pena, amb aquesta roba. Sembles un noi —li va etzibar.

¿Feia «pena»? Ella duia una camisa blanca, tirants i uns pantalons de mudar, negres, amb pinces, és a dir, a la seva manera anava arreglada. No duia un vestit, però tampoc uns texans. Aquella era la mena d'indumentària que la mare l'havia animat a posar-se des que tenia ús de raó. La roba amb la qual s'havia acabat sentint identificada. ¿Feia «pena»? Però si els homes no paraven de mirar-la!

La Daniela encara no havia caigut en el fet que, mirant-la a ella, a qui no miraven era la mare. Allò era pura enveja. Però l'enveja no s'acostumava a reconèixer mai; no apareixia com a enveja, sinó com a crítica, ràbia, exigència o fins i tot sentit comú.

Durant els mesos següents va tornar a fer acte de presència, l'enveja. Va ser als «sopars de feina» de la Constança. ¿Per què «sopars de feina»? Doncs perquè, segons la seva mare, aquells eren àpats en què treballava de valent. Eren uns sopars amb directius de companyies farmacèutiques durant els quals tancaven acords de centenars de milers, i fins i tot de milions, de pessetes. El tracte distès i la conversa llarga i informal, allunyada de la fredor del despatx, feia possible que la Constança aconseguís acords beneficiosos per als hospitals catalans. De fet, l'estalvi en despesa farmacèutica, del qual es vanagloriaven els seus superiors del Ministeri de Sanitat, en bona part era degut a la complicitat que la Constança establia amb els proveïdors. Calia cuidar-los, fer-se'n amiga, i això passava per sopar amb ells. I la Daniela l'hi va acompanyar, mentre en Ciril obria nous mercats. ¿Devia fer, ell també, sopars de feina a Buenos Aires o Lima? No, el seu pare devia preferir la soledat, el recolliment, quedar-se a l'habitació de l'hotel llegint un bon llibre. No li agradava l'enrenou, ni els grups, i, com devia passar amb la majoria d'homes sensibles, preferia el silenci a parlar per parlar. La vida social no estava feta per a homes com ell, que no toleraven les opinions de traç gruixut, les converses buides i estèrils; en definitiva, tot el que ella veia i sentia als sopars de feina de la Constança.

Tenien lloc en restaurants que irradiaven luxe, i eren tots tallats pel mateix patró. Hi acudien un total de quatre o cinc comensals, homes, la majoria estrangers, i solien començar amb anècdotes i acudits, era una manera informal de compensar l'atmosfera recarregada i sumptuosa. Durant el segon plat, la conversa adquiria un to pla i mecànic. Podien tocar algun tema d'actualitat, com la crisi dels míssils de Cuba, o la guerra del Vietnam, que s'allargava, però la Constança de seguida entrava en matèria. Obria la seva carpeta de pell i enumerava els detalls del negoci que tenien entre mans, que solia ser un contracte del qual havien de tancar «serrells»: els preus per unitat, els descomptes, la forma de pagament i les dates de caducitat dels medicaments, per saber fins a quin punt podien emmagatzemar-ne estocs. L'objectiu era ratificar l'acord, deixar-lo a punt per signar, amb descomptes significatius per a l'erari. Tots els comensals eren conscients de l'objectiu. No en tenien cap dubte.

Les mitges tintes apareixien en la relació entre els comensals i la seva mare. Tot i que la Constança anava per feina, i repassava punt per punt el futur contracte (només deixava el bolígraf per agafar la cullera: demanava consomés i verdures, els seus àpats eren frugals; solia estar «a dieta»), no era ben bé ella. O no era la dona que la Daniela coneixia. No quedava ni rastre del seu to de veu enèrgic, ni de la persona que no es deixava trepitjar. Als executius els reia totes les gràcies. Acceptava que cada dos per tres li diguessin «nena». El seu posat era insinuant. No protestava quan li posaven una mà al canell o damunt el braç, i tampoc no feia cap gest perquè la n'enretiressin. Al contrari, somreia com una tòtila: hi havia una brillantor desacostumada als seus ulls. En resum, el que feia era coquetejar descaradament. «La coqueteria», pensava la Daniela, «és una promesa de coit sense garantia».

Alguns d'aquells homes —d'esquenes encorbades

i patilles i bigotis que emetien una densa olor de cigars— es feien il·lusions que podien acabar al llit amb la Constança. Sempre hi havia algun moment en què li feien propostes com anar a fer «una última copa» o «rematar el contracte» a l'hotel on s'allotjaven, que acostumava a ser el Ritz. Tanmateix, la Constança se'ls treia de sobre, devia voler ser fidel a en Ciril. Però llavors, ¿per què havia començat el joc de la seducció? ¿Per què excitava els homes? Ho devia fer per dos motius: per signar contractes beneficiosos i perquè, com una narcisista, volia ser el centre d'atenció i que l'afalaguessin.

No comptava que, a partir d'una certa edat, la Daniela, la filla, passaria a ser el centre d'atenció. A punt de fer divuit anys, ja havia perdut la virginitat amb en Guillem, un company d'institut, i tot i que no sortia amb cap noi, perquè no volia romanticismes ni romanços, s'adonava que era l'objecte de desig de força homes. Hi ajudava la seva alçada i el fet que els intimidés, els homes. Allò els agradava: ser intimidats. L'alçada, per cert, solia ser empipadora: quan eres alta i més o menys guapa, havies de demostrar que, a sobre, no eres tonta.

Així doncs, a partir d'un moment determinat el centre d'atenció dels sopars va començar a ser ella, i no pas la mare. La Daniela se sentia incòmoda, perquè les mirades dels comensals, aquelles que tant agradaven a la seva mare, eren fastigoses. Et repassaven de dalt a baix, i tu no hi podies fer absolutament res. A la Constança li agradaven d'allò més, aquelles mirades tàctils i adhesives, però no pas a la Daniela (fora que l'home fos guapo).

Les mirades de vegades anaven acompanyades d'elogis, i la Daniela, com que de seguida detectava l'emmurriament fugaç de la mare —l'enveja dibuixada en els ulls—, abaixava els ulls i tirava pilotes fora, argüint que la seva suposada bellesa era mèrit de la genètica, és a dir, de la Constança. No volia robar-li protagonisme. Però va arribar un moment que va ser inevitable que n'hi prengués, de protagonisme, i no només pel fet de ser jove i alta. Hi va haver una nit en què es va adonar de la mena de contractes que la seva mare signava, i va ser incapaç de continuar callada.

Aquella nit, la Constança estava discutint el contracte per a una compra de bolquers per a avis; en deien «bolquers de la tercera edat». Un dels «efectes secundaris» eren ferides a la zona inguinal: alguns avis havien hagut d'anar a urgències a causa de la sang a l'entrecuix provocada per les vores de plàstic, mal acabades, que els havien fet. Això sí, eren barats. I la Constança havia utilitzat aquell argument (sempre amb el seu somriure seductor) per aconseguir-los a preu de saldo.

Hi va haver un moment del sopar en què la Daniela no va poder més i hi va dir la seva. Una cosa era que s'hagués mossegat la llengua sobre els mètodes de la seva mare (seduir o coquetejar en favor dels seus interessos; al capdavall, allò ho feien moltes dones; ja que eren el sexe dèbil, almenys utilitzaven les armes que tenien al seu abast), i l'altra el contracte que estaven a punt de signar.

—Ho trobo inacceptable —va dir.

El directiu de l'empresa, un home de Saragossa, li va contestar amb veu amable, mentre girava una llagosta panxa enlaire i tallava la closca del ventre:

—¿El què, reina? ¿Què és el que trobes inacceptable?

—Que amb diners públics es comprin uns bolquers que se sap del cert que fan mal. I que vosaltres, els fabricants, no hi poseu remei.

A la taula es va fer un silenci incòmode. En els ulls dels comensals hi havia incredulitat. La Constança estava sulfurada, però es va limitar a mirar la seva filla fixament. Al final el directiu va exclamar, somrient:

—Caram, amb la jove Daniela. Deixa-la anar!

Tots van fer un riure forçat, i van canviar de tema.

El sopar era ja a les acaballes, i allò va quedar com la sortida de to d'una noia arrauxada, sense més conseqüències. Però al cap d'una estona, un cop van ser a casa, la Constança va esbravar-se:

—No et conformes a voler ser el centre d'atenció dels sopars i, a sobre, fas comentaris que per poc ho engeguen tot a rodar.

—No és veritat que jo vulgui ser el centre d'atenció. Jo no coquetejo descaradament, a diferència d'altres.

—¿Què vols dir?

—Ja ho saps, el que vull dir.

—¿Des de quan el coqueteig és un problema? ¿Quin mal hi ha, que una sigui una mica coqueta?

En certa manera, tenia raó, la Constança. La Daniela no va saber què respondre, va fer una ganyota despectiva i va donar per acabada la discussió:

—Només dic que m'atribueixes a mi el que fas tu.

Havia sigut la primera vegada que s'havia enfrontat a la seva mare. Fins llavors, no li havia dut mai la contrària, i menys en qüestions que apel·laven al seu caràcter. Però alguna cosa estava canviant en la Daniela. O potser notava la ràbia latent de la seva mare contra ella, i ella li havia respost amb la mateixa ràbia.

La tensió va anar augmentant durant els següents «sopars de feina». Van ser els últims sopars a què la Daniela va acudir, ja que una nit es van faltar al respecte, i ja no hi va haver res a fer. Després en Ciril va morir en l'accident de cotxe, i es van distanciar totalment l'una de l'altra.

Durant aquells últims sopars, la Daniela no va protagonitzar cap altra sortida de to, a pesar que va constatar que la seva mare utilitzava sistemàticament els efectes secundaris dels medicaments per obtenir rebaixes significatives en el preu. El cas més escandalós va ser el d'un antibiòtic amb propietats antiinflamatòries. L'efecte secundari eren reaccions al·lèrgiques, algunes de greus. Un grup de malalts havia demanat a l'Agència Espanyola de Medicaments la retirada de l'antibiòtic, però mentre l'Agència no prenia la decisió, es continuava comercialitzant, i va aprofitar aquell impàs per comprar-ne milers d'unitats, a preu molt baix. No tenia escrúpols, la Constança. Però la Daniela ja hi havia dit la seva la nit del contracte dels bolquers, no calia embolicar més la troca.

Així doncs, si la tensió entre elles va augmentar, no va ser perquè s'immiscís en els mètodes de la mare. Va ser perquè, havent-se adonat que el motor real d'aquells sopars era l'instint sexual; havent-se adonat que començaven amb plasenteries i expressions ben educades, talment com en un sopar entre diplomàtics, els homes amb vestits foscos, corbates de seda i mocadors amb les inicials brodades, i acabaven amb mirades ardents i depredadores, perquè al final aquells homes només semblaven tenir una cosa al cap, el sexe; havent-se adonat que tota la xerrameca servia per dissimular la pura luxúria, ja que entre ells, en veu baixa, feien bromes grolleres i sexistes, i molts acabaven la nit al President, un prostíbul de la zona alta; havent-se adonat de tot això, la Daniela va decidir (a diferència de la mare) seguir el seu instint sexual.

Ja era gairebé major d'edat. Fins llavors, havia abaixat els ulls quan li clavaven mirades depredadores. I ara va decidir plantar cara i tornar-les. Sempre que, esclar, l'home fos guapo.

Hi va haver una nit en què un belga, d'uns quaranta anys, se la va quedar mirant, i la Daniela, en lloc d'amagar la mirada, com havia fet fins llavors (o de somriure, com hauria fet la seva mare) l'hi va aguantar i li va dir:

—¿I a tu què coi et passa? ¿Només saps mirar?

En un altre sopar, a un executiu d'uns laboratoris farmacèutics de Londres, també se'l va quedar mirant, de fit a fit. ¿Per què els homes podien mirar amb ulls ansiosos i les dones no? ¿Que no sentien desig, també, les dones? ¿Quin mal hi havia, a reptar els homes? ¿Quin mal hi havia a seguir l'instint, i no com feia la Constança? La Daniela se sentia empesa a transgredir. Oferir, a diferència de la mare, una insinuació de coit... amb garantia. Quin morbo, la possibilitat d'acabar embolicant-se amb un d'aquells desconeguts. Quin morbo, que fossin proveïdors de la mare.

La nit de l'últim sopar, la Daniela, excepcionalment, duia faldilla. Se la va posar en previsió del que pogués passar. Aquella nit menjaven unes ostres que llambrejaven amb opulència a la llum de les espelmes. Ella estava asseguda al costat d'un jove executiu de Tolosa de Llenguadoc que es deia Michel. Va notar que l'observava. Estava pàl·lid, si bé la llum de les espelmes li tenyia la blancor d'un rosat marronós saludable. A la Daniela li agradava, aquell noi. Li venia de gust besar-li la boca, amb una plenitud sensual que contrastava amb la resta del seu cos.

Mentre agafava una ostra de la safata de plata, li va etzibar, insinuant un gest de trapelleria:

—¿Què, Michel, només t'atreveixes a mirar?

Va acabar fent-s'ho amb ell al lavabo del restaurant, el Senyor Parellada. Havia fet ben fet de dur faldilla. Ella tenia els nervis a flor de pell mentre es descalçava amb els peus, es treia les mitges i les calces i s'encamellava damunt en Michel, sense treure's la faldilla; tots dos asseguts damunt la tassa del vàter, ell agafant-se als músculs durs de les natges d'ella. La Daniela no havia experimentat mai aquella intensitat sensorial. Hi ajudava el fet de saber que els podien enxampar en qualsevol moment. I l'excitació augmentava quan pensava que la seva mare era a pocs metres, al menjador. Tot plegat, havia sigut fabulós.

Van tornar a la taula dissimulant, cadascú pel seu compte. Però el radar de la Constança ho havia detectat tot: l'observava amb hostilitat, els llavis frunzits en un ressentiment sorrut, com si hagués estat injuriada. Després del sopar, un cop a casa, ja no hi va haver marxa enrere. La Constança, dominada per un rampell furibund, li va deixar anar:

—Ets una puta.

—¿Què?

—El que sents.

—¿Una puta? ¿Perquè m'he donat permís per seguir l'instint? Si l'hagués posat calent durant tot el sopar, i si l'hagués deixat amb les ganes, ja no seria una puta, ¿oi? Llavors seria una escalfabraguetes. Ah, d'acord, una escalfabraguetes m'està dient puta.

S'havien faltat al respecte, i a partir d'aquella nit per a la Daniela es van acabar els «sopars de feina».

No només ja no hi va acompanyar més la mare, sinó que totes dues feien per no trobar-se a casa. I llavors hi va haver la mort d'en Ciril, i la Daniela, a punt de fer divuit anys, ja no va trobar cap motiu per continuar a prop de la Constança.

Amb tot, la ruptura definitiva no va ser deguda tant a aquell episodi, que podien haver superat amb unes disculpes sinceres per part de totes dues, com a les conclusions a què la Daniela va arribar durant el funeral del seu pare. Hi va prendre consciència, de sobte, talment com si fos una revelació, d'aquella seva poca feminitat. Tot el que la mare li havia anat inoculant al llarg de gairebé divuit anys, començant per la manera de vestir, el xandall, els pantalons, passant per l'absència d'arracades o collarets o nines per jugar, i acabant per la visió de la vida («No seràs mai una fleuma, ni una bleda assolellada»), havia tingut com a conseqüència aquella escassa feminitat.

I el caràcter havia acabat modelant, com una escultura, el seu físic. Era imperdonable.

Volia creure que, quan era petita, no suscitava enveja en la seva mare. O vés a saber, potser sí: al cotxet, com totes les criatures, ella ja devia ser el centre d'atenció. Fos com fos, volia creure que quan era petita la seva mare li havia impedit desenvolupar la feminitat sense ser-ne conscient. Que al principi no hi havia hagut mala fe, vaja.

Però ara el mal ja estava fet. El cos de la Daniela ja no seria mai voluptuós. Ella ja no tindria mai una bona pitrera, ni unes bones cuixes.

En va prendre consciència durant el funeral d'en Ciril, que va tenir lloc al tanatori acabat d'inaugurar, Sancho de Ávila. L'accident havia passat a Los Andes, a Xile, a catorze quilòmetres de la frontera argentina. La podia haver travessat en avió, el vol tan sols durava una mica més de mitja hora, però havia preferit fer el trajecte en cotxe, ell, l'home sensible, per gaudir del paisatge i les muntanyes nevades. La carretera era perillosa, amb molts revolts i molt tancats, i cada any hi havia nombrosos accidents. Camions de transport de mercaderies sortien de la carretera i bolcaven. En un d'aquells accidents havia perdut la vida, en Ciril. Un camió havia bolcat a causa del glaç i la velocitat excessiva, ell anava al darrere, no havia tingut temps de reaccionar, i el seu cotxe de lloguer s'havia esclafat contra el camió. El cotxe havia quedat literalment sense sostre. Ni la Daniela ni la Constança havien volgut saber els detalls de la tragèdia. Almenys, els tràmits de la repatriació del cadàver, tot un calvari de trucades i burocràcia, els havien impedit pensar en el sadisme del desenllaç: el cotxe esclafat al dessota del camió, i el seu pare, molt probablement, mort decapitat. El consol era que no havia patit, que la seva defunció havia sigut instantània: aquestes eren les frases que anaven repetint els assistents al funeral, quan donaven el condol a la mare i la filla.

Hi era tothom, a la cerimònia, començant per la cúpula directiva dels laboratoris Echevarne, passant per la de laboratoris Esteve, i acabant per molts dels «contactes» de la Constança, que la Daniela havia conegut als «sopars de feina». Ara les seves mirades eren del tot opaques, com si miressin cap endins. Per part d'en Ciril, com que era fill únic i pràcticament no tenia família (els avis de la Daniela havien mort feia molt de temps), hi havia els treballadors que havien passat pel taller, la majoria artistes vocacionals que havien dedicat un temps als titelles en espera de vendre obres a la galeria d'art. Un d'ells era l'Enric Llombart, que havia sigut la seva mà dreta durant ben bé set o vuit anys.

L'Enric va agafar el micròfon del tot compungit i va adreçar unes paraules als assistents, amb una veu ronca que traspuava admiració sincera. Es va referir a «l'ésser bondadós que ens ha deixat». Va recordar que havia començat la carrera d'Econòmiques, però que de seguida s'havia adonat que guanyar diners per adquirir possessions no feia per ell.

—Les coses que posseïm ens posseeixen —va afegir, davant tots aquells tecnòcrates.

Mentre la Daniela continuava sentint les paraules de l'Enric, que tot seguit va explicar com en Ciril s'arremangava i al taller es podia passar hores mesclant pintures fins que trobava el color adient per al titella, que en cap cas podia ser artificiós —«Tan sols alguns detalls, com les pestanyes, ens indicaven que érem davant una joguina»—, recordava la presència, l'escalf, la tendresa del seu pare. El seu tern de color verdós, de pota de gall. Les seves venerables sabates angleses, molt enllustrades. I, esclar, els cabells recollits en una cua de cavall.

També li venien al cap alguns records d'infància, els caps de setmana en què ell l'acompanyava a Badalona, a jugar en l'únic equip de futbol que l'havia acceptada: ella procurava marcar gols i demostrar que podia ser tan hàbil com qualsevol d'aquells gamarussos, i ell aplaudia, l'animava, s'esforçava a cridar com la resta de pares, per bé que el futbol l'avorria solemnement. Amb tot, a ella l'animava a no defallir. Algun dia, li deia, els equips de futbol estarien formats per homes i dones, igual que hi hauria dones àrbitres, i fins i tot l'Església en tindria a la seva cúpula: li deia tot allò, en Ciril. Però quan arribaven a casa, la Constança sentenciava: «El teu pare és un somiatruites». Potser sí. No obstant això, tenia les virtuts de què estava mancada la seva mare. No estava orientat als resultats, ni a les fites, ni als objectius; per a ell el més important era, senzillament, «ser». La Daniela no li recordava ni una mala paraula, ni un crit. Mai no li havia posat les mans a sobre, mai no li havia pegat. El seu pare havia sigut una persona bondadosa, un bon home.

Just en aquell moment del funeral, ella hauria volgut plorar.

L'Enric Llombart havia acabat d'enraonar i va passar davant del fèretre amb un aire de tristesa resignada. Pels altaveus se sentia de fons la *Sonata per a piano en si bemoll*, de Schubert. La Constança plorava desconsolada, tenia els ulls enrogits i de la seva boca en sortien grotescos crits ofegats. En aquella manera de plorar hi havia un ingredient d'exhibicionisme. Duia un vestit negre de seda, que s'havia comprat expressament per a l'enterrament. L'abric era de color negre merla, i el barret, d'ala caiguda. S'havia retocat el maquillatge abans d'entrar al tanatori (duia massa pólvores a la cara). L'únic que la Daniela li envejava ara mateix era la seva forma de plorar. Ella també hauria volgut desfogar-se, també hauria volgut sanglotar.

Ho va intentar. Una vegada i una altra. Però no li rajava cap llàgrima.

¿On era, ara mateix, la tristesa? No la sentia enlloc. No tenia un nus a l'estómac, ni la sentia al pit. Notava desconcert i desolació, i també una sensació d'injustícia, però no tristesa. Potser era degut a la falta d'entrenament. La masculinitat que al llarg dels anys li havia inoculat la Constança havia tingut, com si fos un medicament, aquell efecte secundari: no recordava haver plorat mai. Plorar era cosa de nenes, com les faldilles o les ungles pintades. Els homes no ploraven. A diferència de la Constança, a qui moltes vegades ella havia vist plorar com una Magdalena per manipular el seu pare (quan no se sortia amb la seva, sanglotava a fi de fer canviar d'opinió en Ciril), la Daniela mai no s'havia permès plorar. Formava part d'aquella manera de ser, en què no hi havia lloc per a les emocions barates.

Ara la necessitava, aquella emoció, que no era gens barata. Ara volia plorar la mort del seu pare, però no li rajaven les llàgrimes.

No tenia cap problema als llagrimalls, ja que la seva mare algunes vegades havia al·ludit als seus plors i «marranades» de quan era petita, volent dir que llavors ja era una nena amb molt de caràcter. No, la Daniela no tenia cap problema als llagrimalls.

Almenys ara duia ulleres de sol: així dissimulava l'absència de llàgrimes.

3

Van passar els anys. La Daniela se'n va anar a viure pel seu compte, a un pis d'estudiants. No volia ni una pesseta de la seva mare, i va anar de corcoll estudiant la carrera i treballant els vespres i els caps de setmana. Feia de cambrera a bars de Gràcia, que ja llavors era un barri efervescent, gens convencional. I en aquells bars va poder continuar practicant la transgressió que havia començat a l'últim «sopar de feina». Follar als lavabos del bar en què treballava: allò era la transgressió. Sabia els moments idonis, quan ja havia tancat la caixa, quan els clients ja anaven beguts i no feien cas de la seva absència. Sabia quin havia de ser el volum exacte dels seus crits perquè quedessin dissimulats amb el brogit i la música. Sabia on agafar-se, el penjador clavat a la porta solia ser un bon lloc. I sabia fins a quin punt es podia deixar enclastar en algun armari llardós. El sexe als lavabos dels bars era el més estimulant d'aquella feina mal pagada. S'ho feia amb nois amb qui sortia (les relacions no duraven més de dos o tres mesos: tots eren uns gelosos), però també amb d'altres pels quals havia sentit un impuls d'atracció, clients que li havien provocat fogots. Si la Constança ho hagués sabut, l'hauria titllat, de nou, de puta. ¿Gaudir del sexe ja et feia ser una puta? Doncs si era així, la Daniela n'era una, i per molts anys. Emulava Afrodita, la deessa que havia mantingut més relacions sexuals. Afrodita follava nodrint-se sense parar, sense gaire compromís al llarg del temps.

El sexe era el millor que havia conegut en la vida, i no només no pensava renunciar-hi, sinó que havia decidit que fos el pal de paller de la seva vida professional. «Pal de paller»: li agradava, l'expressió. No oferiria sexe a canvi de diners, tot i que de vegades fantasiejava que seria una bona prostituta, sempre que pogués escollir els clients, i això era impossible. No oferiria sexe a canvi de diners, però articularia la seva vida al voltant del sexe.

Les promeses de coit sense garantia de la seva mare només eren un exemple del tabú imperant, i ella posaria el seu gra de sorra per posar fi a aquell puritanisme repressor. Contribuir a normalitzar el sexe era tot un repte i li feia il·lusió. De fet, era l'únic que n'hi feia. Estudiava i treballava molt, s'alimentava de qualsevol manera, i les úniques estones d'autenticitat eren les que dedicava al plaer. Als amants els deia que no se n'enamoressin, que ella no estava per romanços, però ara els ho deixava anar amb la boca petita. Ja no ho deia la dona que considerava que les emocions eren «barates». Ara volia aprofundir-hi.

Les emocions eren una assignatura pendent: passaven els anys, i no aconseguia sentir la tristesa profunda que hauria hagut de tenir per la mort del seu pare. Era com si el seu cos la defugís. La seva ment, talment com un escàner, procurava notar-la. Bé que el seu cos devia tenir memòria de la tristor, igual que en tenia de les èpoques d'exàmens (un parell de contractures a les cervicals), o de quan s'havia passat de llesta jugant a futbol i s'havia fet un esquinç al turmell. El seu turmell recordava perfectament aquella ambició desmesurada, aquell voler demostrar tant sí com no que una noia podia tocar la pilota la mar de bé. En canvi, no hi havia músculs ni òrgans del seu cos que recordessin la tristor.

Va demanar ajut a dues especialistes, una sofròloga i una que es dedicava a les «cuirasses emocionals».

A casa, en soledat, va fer els exercicis que li van prescriure, alguns del tot histriònics, com proferir crits davant del mirall del lavabo, fent veure que sanglotava, i no li van servir de res. Se li van envermellir els ulls, això i prou. ¿Com devia ser, la tristesa? Ja ni se'n recordava. Era un concepte del tot abstracte. Quan evocava el seu pare, la sensació era del tot esmorteïda; allò no arribava a la categoria d'emoció. Devia ser semblant a la pena que devia sentir un gat. ¿En tenien, els gats? La Daniela s'atabalava. El bloqueig devia ser profund, ja que els ulls no li segregaven llàgrimes ni tan sols quan pelava una ceba.

Una de les companyes del pis que compartia amb altres estudiants, la Consol (una pèl-roja menudeta de Gelida, que estudiava bioquímica), li havia dit que les llàgrimes que ens queien en pelar cebes contenien molts menys enzims que les provocades per motius sentimentals.

—¿I si t'enamoressis d'una vegada? —li preguntava, enriolada—. ¿I si patissis una mica per amor? Potser llavors ploraries.

Però la Daniela no s'enamorava. De fet, ara que hi pensava, no s'havia enamorat mai. En aquella època sortia amb l'Oleguer, feia poques setmanes. Era un bon jan, un fumeta de Gràcia que desprenia un aire de tendresa delerosa. Tot escardalenc, amb el coll prim i amb la camisa una talla massa gran. Era ella la que l'havia de forçar per fer sexe als lavabos dels bars. Ell només se sentia còmode al llit o al sofà, i en la postura del missioner. Li feia tanta por que els enxampessin, que els esgarips de plaer que deixava anar els disfressava d'estossecs. Quan fos gran, volia ser poeta: tenia una angoixa permanent, que prenia erròniament per profunditat d'esperit. No, no n'estava enamorada, ella. Ara bé, no s'havia de descartar del tot, no se sabia mai, que si algun dia la deixava, li trenqués el cor i per fi plorés.

En una altra ocasió, la Daniela li va preguntar a la Consol (esperant la seva resposta científica) per què les dones ploraven més que els homes. Li va respondre que l'explicació es trobava en les diferències en els nivells hormonals dels dos gèneres: la testosterona, l'hormona sexual masculina, inhibia el plor.

—Així doncs —va fer la Daniela, rient a cor què vols—, jo dec tenir molta testosterona. Potser em quedaré calba i tot. La dona calba. ¿T'ho imagines? La dona calba i eixuta.

—Deus voler dir eixuta de llàgrimes —va replicar la Consol, rient—. Altres zones del teu cos no ho són gens ni mica, de seques.

Les converses en aquest to eren habituals. Encara

era capaç de fer broma de la seva «mancança», com l'anomenava. S'hi referia com «les llàgrimes dels collons». No volia renunciar a la manera de parlar barroera, i «collons» era el seu renec preferit. «Les llàgrimes dels collons no surten ni per mal de morir», exclamava quan sortia del lavabo, amb els ulls vermells. Havia procurat fer d'actriu, interpretant el paper de dona trista, però havia fracassat en l'intent, un cop més.

L'Oleguer va fer-li una proposta: anar al cinema a veure drames, pel·lícules que ja havien esdevingut clàssics. Tenia l'esperança que potser al cinema, posant-se en la pell dels personatges, aconseguiria plorar, o almenys sentir tristesa.

—El que hem de fer al cinema és tocar-nos —li va dir ella.

Tot i això, va acceptar la proposta, i durant uns quants caps de setmana van anar al Salón Ateneo Cine. Hi van veure *El apartamento* i *Desayuno con diamantes*. Ella tenia una retirada a l'Audrey Hepburn: totes dues eren igual d'escanyolides, si bé la Daniela era molt més alta i la seva cara no reflectia dolçor («Moon River», a la Daniela, li va semblar una cançó «mel·líflua»).

Durant unes setmanes més, també van interessar-se pel cinema d'autor, per *Al final de la escapada* i altres pel·lícules de Jean-Luc Godard i François Truffaut. Però res de res. A ella li suscitaven interès les històries, però sortia del cinema com els cirurgians de la sala d'operacions: freda com el glaç.

—I ni tan sols m'has tocat —li retreia.

Tenia «collons», la cosa, deia a l'Oleguer. Havíem vingut a reproduir l'espècie, l'instint sexual era importantíssim, i en canvi les pel·lícules només hi passaven de puntetes. Tot el que feien aquelles gates maules del cine, com ara maquillar-se o mudar-se, tenia com a objectiu acabar follant. Les dones, segons recordava que havia estudiat en una assignatura de la carrera, feien l'amor per aconseguir alguna cosa més, per formar un matrimoni o una família, o per assolir una posició social. En canvi, l'objectiu per als homes era el sexe en si mateix: això era el que a la Daniela li agradava.

—¿Però t'has emocionat, almenys, una mica? —li preguntava ell, volent dir si havia plorat.

—Gens ni mica.

Potser era que ella ho forçava. Que estava massa capficada per sentir l'emoció. Igual que li passava a l'Oleguer quan al cap d'una estona es tancaven al lavabo d'algun bar i volia demostrar tant sí com no que podia ser tot un mascle penetrant-la dret, contra la porta. Es forçava tant, el pobre, que allò li anava a la contra. El sexe demanava espontaneïtat, i el mateix devia passar amb la tristesa.

Va acabar la carrera i el màster, va deixar els bars, la feina de cambrera i el sexe als lavabos. Va posar-hi seny i va entrar a treballar com a sexòloga a l'Institut Bolinches. Allà va sentir parlar per primer cop de l'ayahuasca, perquè una col·lega psicòloga que treballava al centre, l'Eugènia Llort, dirigia un estudi per a l'Hospital Clínic sobre els efectes terapèutics d'aquella infusió en víctimes de violència de gènere. Algunes de les participants eren joves pacients de l'Eugènia que gràcies a l'ayahuasca havien superat l'estrès posttraumàtic causat per maltractaments, violacions o abusos. «La planta» els havia permès reviure aquells fets sense patiment, i, a poc a poc, els havien anat integrant i acceptant. L'estudi era d'allò més seriós i científic, ella no tenia res a veure amb el xarlatanisme. A pesar d'això, del cientisme i de les proves concloents (vint-i-sis dones d'un total de trenta havien vist alleugerits o havien dominat els símptomes de la tensió posterior al trauma), el Clínic va tallar en sec la investigació quan un diari va publicar una informació en què se l'associava a la «pseudociència». Hi va haver crítiques injustificades de polítics a l'oposició, i els responsables de l'hospital es van fer enrere. Segons l'Eugènia Llort, quedava ben palès que el sistema invertia totes les energies a mantenir l'*statu quo*.

De seguida es van fer amigues. La Daniela va agrair a l'Eugènia que li derivés algunes pacients: era una sexòloga desconeguda i, a més, com que el sexe encara era un tabú, les pacients que li demanaven hora es podien comptar amb els dits d'una mà. Se sentia insegura, dubtava de si ho estava fent bé, i fins i tot del seu caràcter. Se n'ocupava com ho hauria fet una metgessa, escoltant-les atentament per conèixer-ne els símptomes. Tanmateix, ho feia sent ella mateixa, o sigui amb sequedat. A la consulta no es permetia cap concessió; prou que la sexualitat es frivolitzava. El sentit de l'humor, en relació amb el sexe, només era bo al llit: molts problemes, s'hi solucionaven rient.

Des del principi va córrer la brama que era una antipàtica. Algunes pacients fins i tot havien suggerit al director del centre que una mica més d'amabilitat i simpatia per part de «la sexòloga», com la començaven a anomenar, no faria nosa. I tot i que ella continuava defensant en públic que els afers del sexe s'havien de tractar amb la seriositat amb què el metge s'ocupava dels símptomes, o amb la precisió del cirurgià que tenia a les mans un bisturí, de portes endins sabia que alguna cosa en ella no acabava de funcionar. No ho associava a «la mancança», a aquella impossibilitat de plorar; de moment no establia cap mena de relació entre una cosa i l'altra.

Per si fos poc, li faltava empatia. N'havien parlat amb l'Eugènia, perquè ella era tot el contrari: de seguida es posava en la pell de les pacients. En canvi, la Daniela necessitava passar-se hores i hores escoltant tots els seus tràngols, la seva forma de veure la vida, abans no es feia una composició de lloc i intuïa com eren. Només llavors, es posava en la seva pell. O sigui, s'hi implicava des d'un punt de vista racional.

Darrerament havia rebut un toc d'atenció a partir del cas de la Regina, una pacient que havia arribat a la consulta lloant el seu marit, deixant-lo pels núvols. La Daniela hauria hagut d'intuir que la pacient estava mentint, o, per ser exacta, que s'estava enganyant ella mateixa. Però va trigar quatre sessions a intuir-ho, quan ja era massa tard i la dona havia tornat a la consulta amb el cos ple de blaus.

N'havien parlat amb l'Eugènia. Però la seva amiga, com a bona psicòloga, havia tret ferro a aquella seva manca d'empatia. En canvi, s'havia fixat en aquella seva impossibilitat d'experimentar tristesa.

Era estrany, li va dir un dia, que uns anys després de la mort del seu pare ella encara no hagués fet el dol.

—T'aniria bé prendre ayahuasca. Treure-ho fora, tot plegat.

—El què.

—La tristesa per la mort del teu pare. Fer una catarsi. Treure-ho tot fora, com un vòmit.

Va ser llavors que l'Eugènia Llort li va proposar pujar juntes a Can Benet Vives, a participar en una sessió d'ayahuasca.

—La catarsi no sé si la faràs, però vomitar et puc ben assegurar que sí que vomitaràs.

Tercera part

PELL MORTA

1

No l'havia fet, la catarsi, a Can Benet Vives. Ni durant la primera sessió d'ayahuasca, ni durant aquella segona sessió. Al final s'havia embolicat amb en Jofre al mig del bosc i després, durant la tarda i el vespre, li havia explicat la història dels seus vint-i-set anys, tots dos asseguts al sofà de l'habitació d'ell, la Daniela en una posa més aviat inexpressiva, exceptuant els moments en què feia referència a la mare, que la treia de polleguera. No, no l'havia fet, la catarsi. Però, segons la Daniela, tant se valia.

—¿Algú s'ha mort, per no haver fet un dol? —deia, amb el seu sentit de l'humor càustic.

No calia fer-ne un gra massa, perquè no li ragessin llàgrimes. Sempre havia tingut fama d'impenetrable i dura, i el fet que no plorés quadrava amb aquell temperament, igual que hi havia lligat durant la infància i l'adolescència. Els catalans teníem més seny que no pas rauxa, érem reservats, de fet ens costava expressar els sentiments i fins i tot estava mal vist fer-ho, i en aquell context la seva manca d'expressivitat gairebé passava desapercebuda. A tot estirar, de vegades la titllaven de freda o cínica.

—Que s'hi posin fulles —replicava.

L'opinió dels altres tant li feia. En cas contrari, no es voldria dedicar a la divulgació sexual. Allò ja ho tenia clar: ben aviat, no només atendria les pacients a la consulta, sinó que enraonaria públicament sobre sexe, a fi de posar un gra de sorra per liquidar el tabú. Amb una mica de sort, a la llarga als homes no els farien vergonya les disfuncions sexuals, no sentirien qüestionada la virilitat si patien ejaculació precoç, ni ho mirarien de compensar alçant la veu de forma autoritària o buscant brega; els més agressius solien ser els més insegurs. Com deia el director de l'Institut Bolinches, els homes creien que la tenien «petita», quan en realitat el que tenien petita era l'autoestima. I, pel que feia a les dones, calia apoderar-les. La Daniela tenia el seu propi discurs elaborat: la dona s'havia deixat sotmetre per l'ús de «la raó» de la cultura patriarcal, i havia oblidat els seus processos i cicles. La cultura judeocristiana havia anul·lat la sexualitat i el poder de les dones. Arran de la figura asexuada de la Verge Maria, convertida en arquetip de «bona dona», en l'ideal que les dones havien d'assolir per ser vàlides, havien quedat atrapades durant segles en aquell marc ideològic, renunciant al cos, al desig i a la sexualitat. Maria Magdalena exemplificava l'altra cara de la moneda.

La Daniela, salvant les infinites distàncies, s'hi identificava. Continuava pensant que hauria sigut una bona prostituta, si hagués pogut escollir els clients.

Tanmateix, des que havia conegut en Jofre, per primera vegada li venia de gust tenir una parella estable. Cada cop li feia més mandra la promiscuïtat, la murga derivada de les cites furtives, els malentesos, les trucades intempestives dels amants de torn, aquell maleït sentiment de possessió de molts d'ells. En Jofre no en tenia, respectava la seva llibertat. Ella li havia confessat que li agradava que fos equilibrat, ponderat, atent.

Després d'aquella segona sessió d'ayahuasca, es van continuar veient i no van trigar gaire a ser parella. Tampoc es van esperar per posar-se a viure junts, a Can Benet Vives. La Daniela va decidir buscar una feina a Girona, per no haver de fer tants quilòmetres en cotxe, d'anada i tornada.

Va començar treballant a l'Hospital Josep Trueta, on va descobrir que les companyies farmacèutiques, tan amigues de la Constança (per fortuna aquell hospital no pertanyia a la seva circumscripció), havien medicalitzat moltes disfuncions sexuals. Els metges receptaven pegats de testosterona a causa de «deficiències hormonals». Quan els pegats no donaven el rendiment econòmic que les farmacèutiques esperaven, iniciaven els assajos amb un antidepressiu, el Flibanserin. A partir de llavors, «casualment», van proliferar els resultats de recerques mèdiques que sostenien que la disminució de la libido era deguda a un «problema al cervell de la dona». Per a la Daniela, aquella medicalització sí que era un problema. ¿Com podia ser que, a partir d'uns símptomes, les farmacèutiques s'inventessin noves malalties? ¿Com podia ser que els governs hi fessin els ulls grossos? ¿Com podia ser que els ciutadans acceptessin, submisos i resignats, que els símptomes —que potser desapareixerien al cap del temps— es convertissin en una malaltia crònica? No, la Daniela no volia ser còmplice d'aquella conxorxa entre metges, companyies farmacèutiques i autoritats sanitàries. Per acabar-ho d'adobar, les empreses compraven els metges pagant-los viatges al Carib, estades en hotels de cinc estrelles amb menjar i alcohol a dojo. La Constança també hi devia anar: «Viatges de feina». No, no hi volia tenir res a veure, la Daniela. Quan pogués, deixaria la feina en aquell hospital.

Mentrestant, va començar a impartir les xerrades a la Casa de Cultura de Girona. A la primera, només hi van assistir tres dones. Els va explicar aquelles teories que havia elaborat, sobre com la cultura judeocristiana els havia anul·lat la sexualitat i el poder. Després, a fi de despertar més interès entre les assistents —per bé que cap estava distreta, cap tossia, ni badallava—, va evocar una anècdota personal, de quan anava a la facultat i havia hagut d'estudiar un tractat de sexualitat femenina i s'havia enfadat amb Sigmund Freud. Segons el pare de la psicoanàlisi, les dones patien «enveja del penis». ¿Com podia pensar allò d'ella, el pare de la psicologia? La situava en una posició d'inferioritat perquè no tenia penis! Freud havia construït la seva teoria a partir de la visió androcèntrica que imperava en l'època: l'home era el que tenia identitat pròpia. Les dones patien un complex de castració, una enveja del penis, i un complex d'Èdip. Havia sigut també ell qui les havia «culpat», a les dones, de no arribar sempre a l'orgasme vaginal.

Aquell havia sigut l'eix de la seva primera xerrada, que devia haver agradat a les tres dones, perquè devien haver fet córrer el boca-orella, ja que el mes següent el públic s'havia duplicat, i al cap de dos mesos les assistents ja s'apropaven a la vintena. El nombre no tenia més importància, el més rellevant era que ella s'ho passava bé. Encara millor com més punyent i reivindicativa era. Projectava la veu i gesticulava, caminava d'un costat a l'altre de la sala, com si fos una professora. En lloc de parlar de física o matemàtiques, enraonava sobre el poder sexual de les dones, que superava amb escreix el dels homes, començant per la sensibilitat del clítoris, un òrgan que només tenia la funció de proporcionar plaer sexual, i acabant pel multiorgasme. Al final de les xerrades hi havia aplaudiments entusiastes, i algunes dones s'hi apropaven per felicitar-la. N'hi havia que li deien que per fi havien començat a ser «elles mateixes»: havien deixat de ser submises i havien aconseguit no estar obsedides per complir amb les expectatives dels homes. D'altres havien canviat la relació amb el seu cos i ja no fingien orgasmes. I n'hi havia que emulaven la Daniela i ja no eren romàntiques, en el sentit que ja no necessitaven anar al cine o a sopar abans de fer sexe: si un home els agradava, se'l «follaven» sense ni una paraula pel mig.

Així doncs, ella començava a influir en força dones. Amb una mica de sort el boca-orella s'aniria escampant. Però no comptava que la polèmica esdevindria la millor publicitat. La denúncia del regidor de dretes de l'Ajuntament de Girona sobre la perversitat de les «conferències» va fer que la Daniela Costa-Pau es convertís en una persona coneguda, tot i que no exactament famosa, però tant que va poder abandonar la feina al Trueta i obrir consulta al Barri Vell.

A partir de llavors, van començar a arribar les invitacions a congressos especialitzats, però també a activitats culturals, a tot de conferències i debats i també còctels i presentacions de llibres. Ella les acceptava totes, no pas per narcisisme, com hauria fet la seva mare, sinó perquè aquella era la seva missió: parlar obertament de sexe, fer tot el possible per normalitzar-lo. De retruc, aprofitava per demostrar que tenia un discurs propi i, sobretot, per criticar el patriarcat. Com si fes un míting polític, qualsevol oportunitat era adient per dir que la societat s'hauria de rebel·lar contra els abusos del patriarcat, i que una societat que no respectava «la feminitat» no es respectava a ella mateixa. «Hauríem de venerar tot el que és femení», afirmava. «L'energia femenina és sinònim de compassió, generositat, amabilitat, empatia, interès per l'altre. És tot el que no tenen les societats patriarcals, i encara menys els seus dirigents. Fins i tot quan ens governen les dones, es comporten com si fossin homes. El món canviarà el dia que ens manin dones autènticament femenines».

Aquella era l'essència del seu discurs, però una cosa era la teoria i l'altra la pràctica. En Jofre notava que hi havia un decalatge entre el que la Daniela predicava i el que feia.

Tot i que n'estava d'allò més enamorat —ves qui ho havia de dir, a la seva edat i aclaparat de nou per aquella barreja de sentiments trasbalsadors—, no era cec, i s'adonava que a Can Benet Vives la Daniela no dispensava precisament amabilitat a tort i a dret. Ni, com en deia ella, «energia femenina». En Jofre no sabia com era ella a la consulta; li hauria agradat veure-ho per un forat. Potser era un xic amorosa, vés a saber, però al campus era tot el contrari del que predicava. S'aixecava a les sis del matí, meditava vint minuts a la sala de les Moreres i després donava menjar als gats i a la Nadala, la gossa. Doncs bé, hi havia dies que l'animal era pràcticament l'únic ésser viu del campus amb qui ella enraonava. Quan anava a la cuina a esmorzar, amb prou feines conversava amb el personal. Sempre anava a la seva, capficada, com si tingués el cap en una altra banda, o com si la gent d'allà no fos prou important per a ella. Senyora de si mateixa, malagradosa i amb l'aire displicent: no era estrany que la titllessin d'estirada.

Al principi en Jofre creia que l'estrès era la causa d'aquell seu entotsolament, d'aquella apatia orgullosa. Sense pretendre-ho, la Daniela s'havia convertit en una executiva estressada. Al cap i a la fi, ella dirigia una empresa, encara que fos una sense pràcticament treballadors, amb dues secretàries que també feien de recepcionistes. Però no paraven de donar hores a pacients, i la llista d'espera ja arribava als dos mesos. Era impossible que no hagués de treballar de valent, que no anés estressada.

—¿Com t'ho fas? —li preguntava ell.

—Una pacient darrere l'altra. No miro el rellotge.

Una nit, just abans d'agafar el son, una de normal i corrent, com les que es repetien dia sí dia també, una nit en què ella havia arribat a Can Benet Vives a quarts d'onze i només havia tingut esma per passar per la cuina a picar alguna cosa, pujar a l'habitació i fer un breu intercanvi de paraules amb en Jofre abans de quedar-se adormida (un son curt, de tres o quatre hores a tot estirar, ja que una altra de les conseqüències del seu estrès era l'insomni), una nit, just abans d'agafar el son, quan eren al llit, la Daniela li va dir que un dels aspectes positius de tenir tanta feina era que s'oblidava d'ella mateixa.

—¿Què vols dir? —va fer ell, intrigat.

—M'oblido de mi mateixa tot el dia. No m'escolto, ni em faig cas.

«¿Per què s'ha d'oblidar d'ella mateixa?», va pensar ell. «¿Una dona que ho està tenint tot, que està triomfant, i que viu a la natura en un ambient de llibertat? ¿Per què s'ha d'oblidar d'ella mateixa?».

¿I si el sexe era també una forma d'oblit, de fugida endavant? No pas el que abordava de manera professional, sinó el que practicava amb ell. Al llit tot fluïa entre ells dos, per bé que l'ideal d'en Jofre hauria sigut una sexualitat més profunda, que transcendís el frenesí dels cossos i connectés amb el camp d'energia subtil. Ell ho havia intentat, li havia fet tot d'explicacions sobre com anar més enllà de la genitalitat, com tenir cura de la respiració i potenciar la *kundalini*, però ella anava a sac. Tant se li'n fotia, la *kundalini*. Continuava sent una dona plena de fogositat. Curiosament, l'estrès, que era la primera causa de la falta de desig sexual entre les parelles, no afectava la Daniela, que continuava tenint ganes de fer-ho a totes hores. El cap de setmana, mentre caminaven per alguna zona obaga del bosc —aquells sotaboscos frondosos, atapeïts de fulles mortes—, sense dir ni ase ni bèstia ella l'agafava de la mà, se l'enduia darrere el tronc d'un arbre, li obria la bragueta i el masturbava o li feia sexe oral. El que per a una altra hauria sigut un punt final, per a ella era el començament. Volia continuar fent-ho enmig de la natura, talment com la primera vegada després de la presa d'ayahuasca. De manera que seguien passejant i arribaven fins a l'església d'Hortsavinyà, un lloc on difícilment corrien el risc de ser vistos per alumnes o treballadors de Can Benet Vives; per bé que precisament la possibilitat que els enxampessin, l'adrenalina del risc, era el que més estimulava la Daniela.

A l'església d'Hortsavinà hi feien sovint un pícnic, en espera que en Jofre estigués en condicions de tornar a tenir una erecció. Menjaven una bona amanida amb llegums i bevien una ampolla de vi sobre un aflorament de granit que hi havia al mig del clos de roques, al costat d'on s'acabaria construint l'escola. Doncs bé, a la mateixa lona estesa a terra en què havien menjat, hi acabaven follant. S'hi podien passar una bona estona, els dissabtes i diumenges, aquell era el hobby preferit de la Daniela, els dos cossos entortolligant-se i donant i rebent plaer enmig d'un rodal d'avets i castanyers. La postura preferida d'ella era la d'Andròmaca, ella damunt d'ell, cavalcant-lo.

Rebia aquell nom perquè segons la mitologia grega era la postura que més practicaven Hèctor i la seva dona, Andròmaca. I a la Daniela li permetia tenir la paella pel mànec, controlar l'angle de la penetració i fer més intensa l'estimulació del clítoris, bé pel fregament amb el pubis d'en Jofre, bé tocant-se amb el seu dit, o bé deixant que la toqués ell. Li donava tot de pautes perquè ell la masturbés, no només per augmentar les seves sensacions orgàsmiques, sinó perquè amb una mica de sort anessin acompanyades de l'ejaculació d'ella. Qui havia de dir a en Jofre que a la seva edat descobriria l'ejaculació femenina: un líquid incolor, inodor, que semblava orina. Com més intens era l'orgasme de la Daniela, més quantitat d'aquell fluid segregava, de vegades a raig, com si fos una petita font. A ell li deixava ben moll l'abdomen. Al cap d'uns minuts, es banyaven tots dos a la riera, en una aigua neta que baixava entre les alzines de fulla glauca.

El sexe, per tant, era el motor de la relació. I en Jofre en gaudia en una edat en què ja havia donat per conclòs el delit carnal. Optant com havia optat per una forma de viure centrada, prioritzant la pau interior, per força havia hagut de renunciar a les exigències sexuals: l'enginy, la força, la paciència, l'ardor que requerien. Tanmateix, ara la vida li havia regalat una nova relació, segurament l'última i definitiva, amb una noia que no era una nimfòmana, però poc n'hi faltava. No ho era perquè era capaç d'estar dies sense fer sexe, no en depenia com si estigués enganxada a una addicció. Amb tot, el seu ardor era inexhaurible. Així com en Jofre recorria cada dos per tres a la meditació i la respiració, ella recorria al sexe.

Sovint, de matinada, al cap de tres o quatre hores d'haver-se ficat al llit, quan estava desvetllada a causa d'aquell insomni provocat per l'estrès que estava esdevenint crònic, despertava en Jofre i li preguntava en un to sorneguer: «¿Tens la bondat?». O bé: «Tens la bondat de penetrar-me?». El sol fet d'utilitzar aquella expressió, que era pròpia d'ell, ja era una declaració d'intencions: ella estava jugant. En el fons volia que fessin l'amor per quedar-se adormida. Ell es treia el pijama i la penetrava, mentre de fons se sentien les primeres aloses amb el seu cant interminable, i ella, en efecte, després del clímax es quedava adormida; el sexe era com un ansiolític. En Jofre, però, era conscient que —com els fàrmacs que ella detestava— tan sols havien alleujat els símptomes. En la Daniela hi havia un neguit de fons i el sexe era la forma de tapar-lo provisionalment.

Un altre senyal d'aquell neguit era la seva relació amb el menjar. Menjava de qualsevol manera, com un pur tràmit, sense tenir en compte que era una activitat que s'havia de fer conscientment. Als migdies, a Girona, ella endrapava un entrepà a correcuita, entre consulta i consulta. Només dinava bé quan tenia algun compromís, «un dinar de feina», talment com una reunió, amb associacions o empreses que li feien propostes professionals, relacionades amb la divulgació sexual. No dinava amb amics; una altra cosa que en Jofre estava descobrint era que ella pràcticament no en tenia, d'amics, exceptuant l'Eugènia Llort, amb qui pràcticament havia perdut el contacte.

Hi havia nits en què la trobava a la cuina, abans de pujar a l'habitació, menjant una bossa de patates fregides. A Can Benet Vives s'alimentaven saludablement, no eren vegetarians estrictes però gairebé, i al rebost no hi havia patates fregides, amb oli i conservants artificials. Era estrany, que la Daniela es fiqués porqueria dins el cos.

Un dia, un matí clar entre estacions en què anaven al mercat de Tordera, al cotxe d'ella en Jofre hi va trobar dues bosses de plàstic: una de patates fregides i una altra de dònuts. Era estrany. Podent menjar bé, preferia embrutar el seu cos, quan tots dos estaven d'acord que era un temple. Aquell matí el sol batia a través del parabrisa, agrisava els vidres, i les bosses no passaven desapercebudes. En Jofre no es va poder estar de preguntar-li:

—¿Patates fregides? ¿Dònuts?

—Els compro a la benzinera. Ho necessito. Així calmo l'angoixa.

¿L'angoixa?, va pensar ell. Sí, d'acord, ella tenia estrès, però sabia diferenciar-lo de l'angoixa, i també sabia que podia ser més preocupant. Potser estava neguitosa per la relació d'ells dos. Feien molt l'amor, sí, però deixant de banda el sexe eren com dos companys de pis, dos amics, a tot estirar. Enraonaven sobre la feina; en la vida d'ella només semblava haver-hi això i para de comptar. Al final del dia, sempre que no es quedés adormida, li solia fer un resum dels casos que havia tractat. Aquelles pacients que parlaven en tons que oscil·laven entre el plany i el rondineig i li confessaven la seva manca de desig sexual, que fins llavors moltes havien vist com si fos normal. També es queixaven de la monotonia en les seves relacions, i de com començaven a usar les joguines sexuals. I hi havia, esclar, les disfuncions de tota mena; la més habitual era el vaginisme, la contracció involuntària dels músculs vaginals durant la penetració. De tot aquell ventall de casos n'hi parlava, a en

Jofre. Però més enllà d'aquell enraonar sobre la feina, més enllà de compartir llit i del plaer sexual, ell trobava a faltar en la relació il·lusió i entusiasme. «Entusiasme», etimològicament, volia dir tenir un déu a dins; i la Daniela n'estava del tot mancada, d'aquell déu o deessa. Continuava sent una dona freda i apàtica —i antipàtica. I, per si fos poc, ara li havia reconegut que tenia angoixa. ¿I si en tenia perquè no suportava una relació de parella convencional? ¿I si trobava a faltar la promiscuïtat, ficar-se al llit amb qui li vingués de gust? De vegades ell la veia coquetejar amb algun voluntari jovenet. Era com si se sentís atreta per la sensibilitat dels més joves. En concret, per la sensibilitat d'un voluntari japonès, en Keigo, un noi encantador, fràgil, amb la pell blanca i les pestanyes d'allò més fines. La Daniela hi enraonava una bona estona, amb ell, a diferència del que feia amb la resta de personal. Li preguntava què volia ser «quan fos gran», i el to de veu foteta amb què l'hi preguntava, com si allò fos una broma recurrent, i la manera amb què esperava la seva resposta, a en Jofre el feia pensar que s'hi sentia atreta.

Al mateix temps, tenia angoixa. En Jofre no sabia què pensar. Era evident que ell experimentava un pèl de gelosia, però en aquells moments havia de veure-hi més enllà. Era talment com en les al·lucinacions durant la presa d'ayahuasca: una boira o boirina que s'havia de transcendir. No obstant això, per sortir de dubtes (no només del coqueteig amb en Keigo, sinó de l'angoixa) va fer una fugida endavant, tot i que no eren pròpies d'ell. Però un bon dia, com aquell qui no vol la cosa, va proposar a la Daniela:

—¿Per què no ens casem? ¿Què et semblaria? —En Jofre va deixar anar una riallada, com si allò fos una proposta extravagant, que se li acabava d'acudir.

Eren al llit, entre els llençols. Una d'aquelles matinades en què ell acabava de fer de «somnífer», i la Daniela, tapada amb l'edredó, es trobava en l'entreson. Ell, visiblement nerviós, es va esforçar per somriure, es va escurar la gola i va afegir:

—¿Com ho veuries? El casament com una festa, sense capellà, una celebració amb els amics, aquí a Can Benet Vives.

De retruc, va afegir ell, el ritual serviria perquè el compromís quedés gravat a l'inconscient de tots dos: aquell era el sentit últim del ritual de casament. En Jofre sabia que, parlant-li del «compromís», podia espantar-la. Tanmateix, no hi tenia res a perdre.

La reacció d'ella el va sorprendre. No va posar el crit al cel, com ell temia. Va somriure dèbilment, va enarcar una cella i va dir:

—Em sembla una bona idea.

O sigui que la Daniela ho acceptava de manera racional. No reflectia cap emoció, la seva cara continuava sent de pedra, inexpressiva, però com a mínim racionalment li semblava bona idea. Almenys, en Jofre de moment no havia de patir per perdre-la. No n'estava gens orgullós, d'ell. No hauria d'haver fet el que havien fet tants homes al llarg de la història: intentar lligar curt la dona casant-s'hi. Però ara la proposta ja estava feta, i ella la veia amb bons ulls.

El casament va anar bé. Les setmanes prèvies, ella no havia estat exactament il·lusionada pels preparatius, però sí prou motivada, en una mena de determinació sense entusiasme. S'havia agafat les feines que havia de fer com una activitat més, les havia executat «l'una darrere l'altra» i les havia anat ratllant de la llista: escriure el text i triar el paper de les invitacions, les flors, el fotògraf, el menú de l'àpat. Aquells dies les converses amb en Jofre eren sobre els preus desorbitats de tot el que envoltava un casament, encara que el fessin a casa. Sobre si el cuiner Eric i el seu equip havien de fer lluç de palangre a la donostiarra o bé suprema de corball amb crema de porros; turbot salvatge al forn amb ceba caramellitzada o bé melós de vedella amb crema de ceps; i de prepostres, abans del pastís de noces, sopa d'infusions amb gelat de te matcha o sopa de pinya amb tocs de mango. La Daniela volia una celebració com Déu mana. També devia voler obrir-se als altres, ja que fins i tot va calcular l'estona que dedicaria a saludar els convidats i mantenir-hi converses informals. A alguns d'aquells convidats, durant el temps que havien estat treballant a Can Benet Vives, no els havia fet ni cas. En Jofre suposava que ara volia compensar la rudesa dels darrers mesos. Amb el casori volia començar a ser una altra versió d'ella mateixa, més sociable.

—A veure si enceto una nova etapa —li havia dit una d'aquelles nits, durant l'entreson. En Jofre no havia sabut ben bé què havia volgut dir. ¿Quina etapa devia voler deixar enrere?

Fos com fos, va arribar el dia, el 4 d'octubre, i tot va anar com una seda —exceptuant l'estat d'ànim d'ella, que va passar desapercebut a tothom, menys a en Jofre. Però, a favor de la Daniela, va fer tot el possible per dissimular-ho.

Feia un dia càlid de tardor, el cel ben ras. No hi havia ni un alè de vent, ni la més lleugera brisa. Un dia preciós, amb un esclat de grocs, taronges i algunes pinzellades de lila que semblaven fruit de l'alquímia. La Daniela duia un vestit vermell, el maquillatge impecable, i un somriure d'orella a orella que feia pensar que sí, que era una altra, que començava una nova etapa. O, com a mínim, que estava d'allò més feliç. Altiva com una heroïna d'escenari, saludava els convidats com si s'alegrés molt de veure'ls. La majoria eren amics d'en Jofre, la llista d'ella era més aviat magra: a banda de l'Eugènia Llort, tan sols hi havia algun metge de l'Hospital Josep Trueta i alguna antiga companya de pis, com ara la Consol, que va interpretar «Moon River» al piano. També hi era el seu ex, l'Oleguer, que feia poc havia guanyat el premi Carles Riba i que va recitar uns quants poemes. Un feia referència als bars i a la fugacitat del plaer. L'escena de la cerimònia va ser de postal: al lluny es veien uns xais de llet petits i blancs, arraulits a l'ombra que projectava una tartana.

Va ser, doncs, un casament fet a mida, amb participació dels convidats, que podien pujar al petit escenari de la Sala de les Moreres i recitar o cantar el que els vingués de gust. El mestre de cerimònies va ser en Josep Maria Fericgla, el soci d'en Jofre. Va fer un discurs en què va afirmar que tots dos eren un model «d'unió militant en contra de l'individualisme que va a l'alça en la nostra societat». «Vist des dels ulls de l'ànima», va dir, «un casament és una forma de celebrar la unicitat d'alguna cosa que està per sobre de la tendència material; és la victòria de l'evolució sobre la regressió, ja que el món ordinari ens empeny a la separació, a la competència i a la individualitat». «La unitat del matrimoni», va afegir, «va més enllà d'una idea subjectiva per convertir-se en una vertadera unitat energètica, en una unió d'oposats que es complementen formant quelcom superior a cada un d'ells com a part».

Al final un pianista va interpretar peces de piano de Gurdjieff, i hi va haver una petita meditació col·lectiva. Va ser després, mentre els convidats anaven cap a la masia principal a dinar, que en Jofre es va adonar que la Daniela estava seriosa. Potser era pel tràfec, pels nervis. Però, tot i així, estava massa seriosa per ser un dels dies teòricament més importants de la seva vida.

El dubte ell el va tenir durant tota la tarda, però no va ser fins a la nit, quan els últims convidats havien marxat i tot era callat i impàvidament buit, que li va preguntar:

—¿T'ho has passat bé?

D'entrada no li va contestar. Eren a la cuina, i estava ocupant-se dels rams que li havien regalat: desfeia les flors del paper en què estaven embolicades, tallava les tiges amb unes tisores i les ficava als gerros plens d'aigua. En Jofre, per trencar el silenci, va afegir en un to de veu foteta:

—Representa que aquesta és la nostra nit de noces.

No era una insinuació buscant que tinguessin sexe; no feien falta insinuacions, amb la Daniela. I potser, excepcionalment, aquella nit, en què qualsevol parella s'hauria dedicat al plaer desenfrenat, ells dos dormirien com un soc.

La seva muller no va fer cap comentari, continuava callada. El dia s'esvaïa, però la resplendor encara omplia les finestres encarades a ponent. Projectava tot l'interior de la cuina en una ombra grisenca. La llum aspra proporcionava a la cara de la Daniela una expressió descarnada.

Finalment, el que va dir quan va obrir la boca va deixar en Jofre perplex:

—No he sentit res.

—¿Com?

—Que no he sentit res de res.

—¿Quan? ¿En quin moment?

—Durant tot el dia. No he sentit cap alegria.

—¿Ni tan sols durant la cerimònia? ¿Mentre en Fericgla ens posava les aliances?

—En cap moment del dia. No he sentit res. He sigut com una espectadora, del tot distant. No m'hi he pogut implicar. No he tingut cap sensació, ni bona ni dolenta.

En Jofre va pensar: «Com en l'enterrament del seu pare. Aquest ha sigut l'acte més emotiu a què la Daniela ha acudit des de llavors, i no ha sentit res».

—¿No t'ha alegrat veure que la gent s'ho passava bé?

—M'ha sigut del tot indiferent.

Ella va fer una pausa, es va mossegar el llavi, va llançar a la paperera les tiges de les falgueres mortes i es va quedar mirant en Jofre amb una expressió de súplica ferida, gairebé horroritzada:

—Tinc la pell morta. Això és el que em passava darrerament.

—¿La causa de l'angoixa?

—Sí. Aquest adonar-me que no estava sentint res. Almenys notava angoixa. Hi havia dies en què pensava: almenys sents angoixa.

—¿I per què no m'ho deies?

—Perquè creia que tot plegat seria passatger. I perquè si t'ho hagués dit, m'hauries volgut fer de pare.

2

Per descomptat, el que li havia dit l'havia deixat trasbalsat. Fins al punt que els dies següents va ser incapaç de tornar-ne a parlar. Ella, per variar, tenia molta feina. Abans del casament havia posposat consultes amb pacients de les quals s'havia d'ocupar l'altra setmana tant sí com no, i ell va seguir la mateixa estratègia, la de treballar com un escarràs. Tal vegada així aconseguiria no pensar obsessivament en aquella greu limitació de la seva dona; els pensaments de preocupació sempre eren obsessius. Però era impossible no neguitejar-s'hi. A en Jofre li venia a la memòria el cas d'una participant en una presa d'ayahuasca de feia temps, que a causa de la seva masculinitat i del fet que adorava el pare i volia imitar-lo no només havia esdevingut alta i ossudament prima —com el seu pare—, sinó que havia deixat de menstruar. Devia tenir aproximadament la mateixa edat que la Daniela, uns trenta anys, i no li venia mai la regla. Ell se'n recordava perfectament: era una noia feréstega, amb un garbuix de cabells com filferros grisosos que semblava que haguessin sofert una descàrrega elèctrica.

Però el cas de la Daniela era més extrem.

Tot apuntava que havia deixat de sentir.

No només no notava tristesa, ni les emocions mal considerades negatives; tampoc les positives. Era increïble. Aquells dies el seu marit de vegades se la imaginava com un robot sense sentiments. Una nit va tenir un malson en què va veure el cos d'ella per dins, com si el veiés a través d'un escàner o d'una radiografia: no hi tenia sistema nerviós, i l'esquelet era de ferro. Si la Daniela no havia sentit res de res durant el casament —i durant els darrers mesos o, vés a saber, anys—, en efecte, tenia un punt d'autòmat. Les seves devien ser respostes automàtiques, apreses durant la infància, però que difícilment devien reaccionar als estímuls del moment present. ¿Com devia entendre si una cosa o una situació li agradava? Podia saber si li agradava un plat de menjar, les papil·les gustatives les tenia en perfecte estat. O podia olorar una planta, o acariciar un cavall; els sensors que li permetien percebre l'exterior, els tenia intactes. Tanmateix, la planta, o el cavall, o el paisatge, no devien tocar en ella cap fibra. Estava desfibrada, sí, aquella era una bona definició del seu estat.

Rebre una bona notícia la devia deixar indiferent. Que les pacients reeixissin en un tractament, el fet que, posem per cas, recuperessin el desig, o que en general la felicitessin per com les estava ajudant, la devia omplir d'orgull, però el seu devia ser un orgull racional, una satisfacció i prou; al capdavall, l'orgull no era una emoció. Les crítiques tant li devien fer. Tampoc no devia sentir nervis abans d'algun moment important, no devia haver tingut un nus a l'estómac abans del casament, o el dia anterior als exàmens de la universitat, en cas que aleshores ja hagués patit aquella limitació. No devia saber si una persona li queia bé d'entrada; no devia tenir gaire intuïció, ni devia copsar la majoria de les primeres impressions. Aquell devia ser el motiu pel qual li costava sentir empatia per les pacients i els havia de fer tantes preguntes per acabar fent-se una idea —racional— de com eren. Sort en tenia, ella, de la raó.

Vet aquí el motiu de la seva fredor i apatia. Ara ho entenia tot, en Jofre. Ella no podia relacionar-se bé amb la gent si era incapaç, per exemple, de riure en escoltar un acudit. La raó, basant-se en els records acumulats, devia informar-la que tocava fer una rialla, però ella no devia sentir alegria. Aquell devia ser el motiu pel qual sistemàticament a Can Benet Vives havia evitat la gent, perquè li devia costar relacionar-s'hi. Les situacions socials la devien incomodar d'allò més —¿devia «sentir» incomoditat?—, o com a mínim es devia sentir com un peix fora de l'aigua.

¿Com devia percebre la realitat? Bé que devia experimentar alguns matisos emocionals. Potser ho sentia tot de manera tèbia. O potser veia la vida com la veien les persones deprimides. Però no, la Daniela no estava deprimida; si fos així, no tindria aquella empenta i aquelles ganes d'ajudar les dones. No tindria cap mena de motivació, i si alguna cosa no es podia negar de la Daniela, era que els darrers anys havia estat d'allò més motivada professionalment.

¿Des de quan patia aquella limitació? ¿Era una conseqüència del fet que no hagués pogut o sabut plorar el dia de l'enterrament del seu pare? ¿Era un bloqueig que s'havia anat fent gran amb els anys, a còpia de reprimir les emocions? En Jofre no tenia respostes.

Sí que tenia clar, rememorant com s'havien conegut, que el primer dia que ella havia pujat a Can Benet Vives ja devia patir-lo, aquell bloqueig. Potser no tan desenvolupat o incapacitant com ara, però sens dubte el patia: en cas contrari no li hauria sigut indiferent la visió de la seva mare rostint-se com un pollastre a l'ast. Durant la presa d'ayahuasca, els ulls li haurien parpellejat. Ella s'hauria anguniejat, igual que s'hauria anguniejat abans, just en el moment de prendre el got amb «la planta» amb gust de fang. O després, mentre al defora nevava i ella havia netejat i ensabonat els cubells de plàstic plens de vòmits amb una indiferència total. Amb tot, la seva mare la treia de polleguera: almenys experimentava aquella emoció, la de la ira o còlera. O sigui que no estava insensibilitzada del tot.

Ara li quadrava que ella no s'hagués enamorat mai. No només de l'Oleguer i dels nois amb els quals s'havia embolicat als bars, sinó d'ell, l'home amb qui s'acabava de casar. Ell no s'autoenganyava: potser la Daniela sentia afecte per ell (ara mateix, fins i tot dubtava d'allò: ¿ella podia «sentir» afecte?), però no estava enamorada, ni ho havia estat durant l'inici de la relació. Al capdavall, l'enamorament era un còctel format per diferents emocions, i difícilment la Daniela podia elaborar aquell còctel si el seu cos no disposava dels ingredients necessaris. Res no li havia fet deduir, a en Jofre, que ella hagués tingut «papallones a l'estómac» durant els mesos inicials de la relació; mai no li havia dit «Tinc ganes de veure't». Les trucades telefòniques no eren febrosenques, i quan per fi es veien en els seus ulls no hi havia expectativa ni curiositat.

Això sí: al llit anava per feina, desbocada, sense control. Ara en Jofre entenia que el sexe fos el «pal de paller» de la vida d'ella, i el que la feia sentir més viva. Li venia a la memòria l'episodi que li havia explicat, de quan era una adolescent, la nit en què s'ho havia fet amb aquell noi anomenat Michel, al restaurant en què la seva mare hi feia un «sopar de feina», quan després l'havia titllada de «puta». Doncs bé, segons el relat que li havia fet la Daniela, aquella nit, mentre s'encamellava damunt en Michel, havia tingut els nervis «a flor de pell». Mai fins llavors no havia experimentat aquella «intensitat sensorial». O sigui —pensava en Jofre—, potser aquella nit havia descobert que durant l'acte sexual «sentia». Potser per això a partir d'aleshores l'havia practicat tan assíduament. Perquè el sexe era l'única possibilitat que tenia de «sentir». Mentre durava, almenys notava alguna cosa.

Eren suposicions. Quan pogués, hi tornaria a parlar i intentaria saber quin era l'abast real de la limitació de la seva muller. L'ideal seria que es posés en mans d'un bon metge. Bé que devien existir anàlisis o màquines o proves capaces de mesurar el que sentíem les persones, com un termòmetre de les emocions. Tan bon punt aconseguís tenir una altra conversa amb la Daniela, li proposaria sotmetre's a les proves mèdiques que calgués. I un cop coneguessin quines eren exactament les limitacions del seu cos, caldria treballar-les de valent. L'ayahuasca no li havia donat resultat, no havia fet la catarsi; no necessàriament havia d'anar bé a tothom. Tot i que amb «la planta» o «la medicina» ella havia sigut capaç d'obrir-se a la realitat més real, havia continuat tancada dins ella mateixa. No havia accedit a les profunditats del seu ésser. Com deien els xamans, tenia poca amistat amb el seu «animal interior».

Després de la segona sessió d'ayahuasca, li havia dit amb humor càustic: «¿Algú s'ha mort, per no haver fet el dol?». I l'havia deixat aparcat per la mort del seu pare. A partir de llavors, conjecturava en Jofre, ella es devia haver anat insensibilitzant fins a arribar a l'absoluta atonia. La limitació devia haver anat creixent, estenent-se com la metàstasi d'un càncer, mentre es refugiava en la feina.

Tot plegat feia que ara mateix ell tingués una sensació de fracàs. Si la insensibilitat havia augmentat, i s'havia apoderat d'ella fins al punt que ja no només no sentia tristesa sinó tampoc la resta d'emocions, inclosa l'alegria, era en part responsabilitat d'ell. No hauria d'haver sigut tan respectuós amb ella, s'hi hauria d'haver implicat més, en la seva «mancança».

—Daniela —li va dir, per fi, la setmana següent al casament—. Crec que t'hauries de posar en mans d'un metge.

Es trobaven a l'habitació, ella havia arribat tard i estava plegant roba. Era com si no s'haguessin casat: ella havia represès la seva rutina maratoniana de visites i tornava a Can Benet Vives sense esma de res. Ni tan sols havien enraonat sobre el viatge de noces, pendent.

—De cap de les maneres —li va respondre ella.

—¿Ho dius pels fàrmacs? ¿Per què no et vols medicar? —Els continuava tenint tírria, als fàrmacs, a causa de la seva mare. I encara més després de tot el que havia vist a l'Hospital Josep Trueta.

—No crec que hi hagi fàrmacs per a això meu. Però no, no és pels fàrmacs, sinó senzillament perquè em nego a ser una malalta. Per tant, no em vull curar de res.

—¿I si parlessis amb l'Eugènia Llort? Segur que et donarà algun consell d'amiga i de psicòloga amb experiència, que les deu haver vist de tots colors.

—No em penso convertir en una malalta. No en faré una malaltia crònica, de la mancança.

«Almenys, continua reconeixent que té una mancança», va pensar en Jofre. Ella va seguir enraonant, es notava que havia donat moltes voltes al tema.

—He vist moltes dones a qui la medicina ha convertit en malaltes cròniques. Patien dolor i esgotament, han rebut, per exemple, el diagnòstic de fibromiàlgia, i del diagnòstic n'han fet una nova personalitat. I si bé és cert que en molts casos el dolor és sever i del tot incapacitant (per si fos poc, hi ha incomprensió en l'entorn familiar), en d'altres la dona se'n sortiria si no carregués amb l'etiqueta de «malalta crònica». El diagnòstic és com una nova personalitat: ara jo sóc una víctima, i no em puc valdre per mi mateixa. I necessito que em cuidis, i que em donis l'amor que no m'has donat fins ara. Aquestes són les creences irracionals que he vist en força malaltes. No en totes, ni molt menys. Sóc conscient que aquesta generalització, com qualsevol altra, és injusta. En qualsevol cas, no vull ser una víctima.

—En resum, descartes anar a cal metge.

—De ben segur trobaria metges que em dirien que m'he de quedar a casa, o que no puc fer tantes hores, o que no puc dur aquesta vida tan atrafegada. Em receptarien medicaments que em deixarien sedada, estabornida. No, no vull entrar en el joc del sistema mèdic i farmacèutic. Per fortuna, no sento dolor.

—¿I què sents, exactament?

—Ho saps de sobres. No sento res de res.

—T'ho preguntaré d'una altra manera: ¿com et sents?

—Anestesiada. Com si m'haguessin arrencat un queixal i no sentís dolor.

Van deixar estar la conversa en aquell punt, en Jofre no la va voler burxar més. L'endemà van tornar a la rutina, la rutina salvadora. En aquella època, ell estava definint i concretant les funcions dels voluntaris. N'hi havia que s'aprofitaven de la bona fe del centre. Tot i que l'acord era que s'estarien tres mesos a Can Benet Vives, de vegades marxaven al cap de pocs dies, un cop havien assistit a dos o tres dels tallers que tenien gratuïts. O sigui, s'havien inscrit com a voluntaris tan sols per no haver-los de pagar. N'hi havia d'altres que complien amb els tres mesos però que passaven de tot, i en Jofre i el seu soci Fericgla aquells dies estaven redactant com un decàleg a fi que al centre tothom sabés exactament quins eren els seus deures. Al centre la vida havia de tenir una estructura, un propòsit i uns objectius ben definits.

També estaven acabant d'organitzar l'espai de «la vida i la mort», a l'esplanada de la piscina. A l'espai de «la vida» hi sembrarien plançons i, al mateix forat, les amigues del campus que acabaven de ser mares hi desarien la placenta de l'embaràs. A l'altre extrem de l'esplanada, a l'espai de «la mort», hi hauria xiprers, i les arrels es mesclarien amb les dels amics que haguessin estimat Can Benet: hi serien enterrats amb tots els honors. Entremig hi hauria «el racó de les decisions», una pèrgola amb dos bancs perquè els més joves hi anessin a reflexionar i a decidir.

En Jofre, pensava, hauria de ser el primer a passar-s'hi una bona estona, al racó de les decisions. Hauria de decidir fins a quin punt havia de forçar la seva dona a anar a cal metge. No, forçar-la hauria sigut una forma de violència. No només ningú podia forçar ningú a fer res, sinó que ningú no podia ajudar ningú. I encara menys una dona que no volia ser ajudada.

Ella ja era una adulta, i per si fos poc una dona que n'havia acompanyat moltes en processos complicats. Per tant, sabia de sobres com havia de viure. Amb el benentès que en Jofre dubtava que d'allò seu se'n pogués dir vida. ¿Una dona que no «sentia», podia viure amb plenitud? ¿Podia experimentar el goig de viure? De cap de les maneres. Ell ho constatava a través de petits detalls quotidians. Per començar, la retenia una lassitud de la qual no es podia desempallegar. Cada matí es dutxava amb aigua freda; al principi ell pensava que era precisament per desempallegar-se d'aquella lassitud, per activar-se. Però havia arribat a la conclusió que el que volia ella era notar la fredor.

Els dimecres al vespre, quan sortien de la sauna despullats, la seva muller es llançava de cap a la piscina, a pesar que feia molt de fred i a la piscina s'hi començaven a formar capes de gel. En l'aire esmolat de la nit, quan sortia de l'aigua, no s'eixugava ni es cobria amb la tovallola. Tremolava i tenia les dents serrades, les mans i els peus entumits. Esbufegava de valent. Tanmateix, semblava agradar-li, tot plegat. En el fons, pensava en Jofre, li venia de gust experimentar una sensació; la que fos.

Hi havia un altre tipus de «plaers» quotidians: que els gats l'esgarrapessin, tot jugant. De fet, darrerament ella no els feia moixaines, sinó que els provocava posant-los panxa enlaire, fins que li clavaven les ungles. Ella no es netejava ni desinfectava les ferides.

Un dia, al corriol que serpentejava al voltant dels matolls de vern, darrere la zona dels estenedors de roba, ella traginava galledes i duia els pantalons arremangats fins als panxells: es va fer ferides a les cames, amb els esbarzers. No va fer escarafalls, ni del dolor ni de la sang.

«Sembla que li agradi», va pensar en Jofre. «La qüestió és sentir alguna cosa». Un altre dia, davallant les graonades de la font, al costat de la taula de ping-pong, un tàvec li va picar el panxell de la cama. La Daniela el va esclafar amb tanta força, que el tàvec li va quedar escampat per tota la pell.

La força de la Daniela: ell no se n'havia adonat, fins que la va notar en la seva pròpia carn. Resulta que un dia ella es va enfadar molt amb ell. Almenys, continuava experimentant la ràbia. Almenys, no estava anestesiada del tot. Era un dissabte, al vespre. Estaven a punt d'anar a dormir. Com que ara ella ja no patia angoixa (el que patia era més greu), ja no es desvetllava de matinada i ja no li demanava si «tindria la bondat» de fer-li l'amor. Ja feia dies que la pràctica del sexe entre ells dos havia caigut en picat, i això a en Jofre li havia fet saltar les alarmes, les poques que encara tenia per activar.

Aquell dissabte, ell li va dir:

—Daniela, perdona que t'ho digui, però aquí a Can Benet Vives estàs d'allò més rara. No dubto que amb les pacients deus anar fent, amb la professionalitat que et caracteritza. Però aquí tot t'és indiferent. I tant tu com jo sabem quina n'és la causa. ¿Quan hi posaràs remei? No vull ser alarmista, però crec que si no hi fas res, acabaràs amb una depressió. —Contràriament al que havia pensat un temps enrere, ara sí que posaria la mà al foc, en Jofre, que algun dels símptomes d'ella eren cosins germans dels d'una depressió—. ¿Tant et costa, posar-te en mans d'un metge?

—Ja et vaig dir que no em vull considerar una malalta.

—¿Tant et costaria prendre't un antidepressiu diari? Potser seria la manera de començar a sortir del forat. Com a mínim, estaries més animada.

—L'eufòria que em provocaria un antidepressiu seria del tot artificial.

—¿I quin mal hi hauria? Seria millor veure't sota els efectes de la química que no pas veure't com ara. Em sap molt de greu dir-t'ho, Daniela, però sembles una ànima en pena.

—¿Vols fer el fotut favor de no fer-me de pare? —No deixava de sorprendre'l que ella critiqués que li fes de pare. Donava per descomptat que tots dos hi estaven d'acord, que a ell li pertocava aquella funció. Si no, ¿per què estaven junts? ¿Què coi l'havia atret, d'ell, si no era l'edat, la maduresa, la ponderació i els trets que tradicionalment s'associaven a aquell rol? Una figura paterna que ella havia adorat, i de la qual estava mancada des dels disset anys. En Jofre tenia en comú amb en Ciril no només l'edat, sinó la sensibilitat, que potser era el tret que la Daniela més apreciava en un home. També, esclar, coincidia en algun detall com el cabell recollit en una cua, que tot i ser simbòlic no deixava de tenir pes.

En qualsevol cas, ella havia canviat, ara no acceptava que en Jofre li donés cap consell. «¿Vols fer el fotut favor de no fer-me de pare?», li acabava de dir. I allò li havia provocat ràbia, a ell. No ho podia evitar. Contràriament al que se solia pensar, el creixement personal no l'excloïa, la ràbia. Un podia tenir un alt grau de consciència, ser un ésser «despert». Li venia al cap un dels seus grans referents espirituals, Ramana Maharshi, el mestre hinduista indi. Si Maharshi sentia ràbia (una altra cosa era que s'hi identifiqués), ¿com no n'havia de sentir, ell, ara mateix? «¿Vols fer el fotut favor de no fer-me de pare?». Les paraules encara li ressonaven a les orelles. I la seva resposta va ser fruit d'aquella ràbia:

—¿I tu, Daniela, vols fer el favor d'intentar tornar a ser una persona?

—¿Com?

—Sí, una persona. Tornar a ser una persona.

Ella va fer un arrufament de celles de perplexitat. Com si no es cregués el que ell li acabava de dir, ni el to de veu en què l'hi havia dit. Mai fins llavors en Jofre no havia alçat el volum de la veu.

—¿Creus que una dona que s'aboca de ple a tantes dones no és persona? M'hi deixo el coll, en elles. ¿Com goses dir-me que no sóc una persona? ¿Llavors, segons tu, què sóc? ¿Un animal?

—Ni això, ets. Els animals almenys tenen emocions.

En Jofre se'n va penedir, just quan ho va haver dit. De seguida li hauria volgut demanar disculpes. Però ja no havia pogut aguantar més, feia massa temps que callava. Reconeixia que haver-li dit que hauria de tornar a ser una persona havia sigut desafortunat. Hauria hagut d'haver utilitzat, per exemple, el mot «despersonalitzada». «Deixa de ser una dona despersonalitzada». No, no s'hauria entès.

I havia tingut poca traça de comparar-la amb els animals. De manera que podia arribar a entendre com ella va reaccionar a continuació. Sense transició, en Jofre va notar la força de la seva muller, la seva fúria i la seva mala jeia.

Li va clavar un cop de puny a la cara. No una bufetada, sinó un cop de puny, molt fort. El dolor que ell sentia era lacerant. El silenci era dens, com si se li haguessin tapat les orelles. En Jofre se'n va anar tentinejant. Els dies següents tindria el voltant de l'ull de color moradenc. Pensava: «Aquesta dona pot fer molt de mal, si s'ho proposa».

Una opressiva sensació de pèrdua. Alguna cosa s'havia trencat o perdut entre ells. El seu matrimoni semblava buit i sense pes, com aquells petits embolcalls fràgils que les abelles mortes deixen de si mateixes. O, per ser una mica més optimista i utilitzar un altre símil més actiu, la Daniela i ell estaven mudant la pell. I de la mateixa manera que les serps es desempallegaven de la seva amb molt de dolor, esmunyint-se entre l'estretor de dues roques cantelludes, ells dos s'estaven desempallegant d'un passat amable, un passat en què si bé mai s'havien fet grans festes (en la seva relació no hi havia hagut estampetes de romanticisme casolà), almenys havien fet pinya.

Ara ella anava pel seu compte, més que mai.

3

Van passar els dies, les setmanes. Ella no li va demanar disculpes. No va fer cap gest de conciliació ni d'apropament. ¿Devia sentir remordiments, culpabilitat? En Jofre en dubtava. Hi havia dies en què volia deixar-ho córrer, separar-se, dir-li que ho sentia molt però que no podia continuar amb una dona tan freda i rude. Una dona, per acabar-ho d'adobar, agressiva. A les conferències i xerrades ella sempre havia reivindicat que les dones havien d'aprendre a canalitzar les seves pulsions agressives, a fi de deixar de ser passives i submises. Però el cop de puny ja havia sigut massa. ¿Devia ser conscient, ella, del dolor que li havia infligit? No, ni molt menys. Potser era conscient que la seva reacció havia sigut desproporcionada, però difícilment es devia posar en el lloc d'ell, no només perquè tenia poca empatia, sinó perquè ella devia experimentar el dolor de manera molt tènue, com si els teixits del seu cos fessin d'amortidors. Per això es feia esgarrapades amb els esbarzers: per sentir alguna cosa. Per això es continuava banyant els dimecres després de la sauna, a la piscina, enmig del glaç.

Ara en Jofre no s'hi banyava, amb ella.

Durant aquells dies, setmanes, pràcticament no es van dirigir la paraula. El silenci va arrelar massa temps i tots dos van caure en una discòrdia taciturna. Un mutisme mutu congelat que semblava que no es trencaria mai, perquè ella, a part d'indignada amb ell (una indignació, diguem-ne, racional) devia estar desconcertada, sense saber què fer, ni cap on tirar. Encara que temps enrere li hagués dit que la feina li anava bé per no fer-se gaire cas a si mateixa, ara devia escoltar el seu cos tot el dia. Com si fos una malalta d'esclerosi múltiple que acabava de patir un brot i que tenia l'esperança secreta que la paràlisi provocada pel brot desaparegués d'un moment a l'altre.

El temps transcorria amb lentitud, com si fos aigua estancada. A ell li hauria agradat, de nou, veure per un forat la seva dona, mentre atenia les pacients a Girona. Com dissimulava aquella «mancança» que havia anat a més. Potser, contràriament al que ell li havia dit, ara ja no hi havia manera que la pogués dissimular; potser les pacients se n'adonaven i li preguntaven: «¿Em segueix, senyora Costa-Pau?». «¿Entén el que li estic explicant?». «Ah, com que no em diu res, ni fa cap gest, em pensava que no m'estava entenent». «Per cert, ¿es troba bé?».

A la nit, ella arribava abatuda i apàtica a Can Benet Vives, i com que arribava tard, s'esmunyia entre els llençols quan en Jofre ja estava dormint. Semblaven dos desconeguts compartint llit per obligació. Amb prou feines es deien bon dia o bona nit.

I hi havia unes altres nits en què ella no hi dormia, argüint que havia acabat molt tard, i es quedava al sofà llit de la consulta de Girona. Era inevitable que en Jofre es preguntés si estava sola o acompanyada. No la volia controlar, i tot i els rampells puntuals de gelosia, una gelosia que per respecte no li havia deixat entreveure (els *gelos* sempre tenien a veure amb qui els patia, amb les seves inseguretats; poques vegades amb la persona que teòricament els suscitava), continuava defensant que les persones no es posseïen les unes a les altres i que la seva muller tenia tot el dret a ficar-se al llit amb qui li vingués de gust. Entre ells dos no havien fet cap pacte de fidelitat; tots dos donaven per descomptat que una persona tan sols havia de ser fidel a si mateixa. Potser, ara, a la Daniela, el fet de ficar-se al llit amb en Keigo, o amb qui fos, l'animava una mica; el sexe com un antidepressiu. Si ell hagués sigut un home amb menys consciència, o menys treballat, qualsevol nit d'aquelles en què la Daniela dormia a Girona hauria anat a donar una ullada a l'habitació d'en Keigo, al campus, per saber si havia desaparegut per art de màgia. Allò li hauria servit de prova, la desaparició hauria volgut dir que havia anat a Girona a passar la nit amb la seva muller. Potser per això ella ja no l'empenyia a fer sexe, a en Jofre, no només pel distanciament, sinó perquè estava saciada per una carn més tendra. De vegades, aquelles nits que ell dormia sol, quan li venien els rampells de gelosia, no podia evitar imaginar-se'ls: ella arquejant-se violentament contra el tendre Keigo, el càlid alè d'ell al seu clatell, jaient en pau l'un en els braços de l'altre; tots dos surant cap a un son inalterat. Només eren imatges, pura fantasia. Les deixava desfilar com si fossin núvols. Com havia après a fer amb qualsevol pensament, fos bo o dolent. No calia donar gaire importància a res, tot eren formes, evanescents. Inclosa la vida: tenia aquella mateixa qualitat de somni.

¿Què podia fer, ell, per la seva muller? Hi rumiava cada vespre, mentre anava a caminar. Era la millor estona del dia. Quin plaer, perdre's entre els alzinars, els pins, els avets. Aquelles frondositats. Aquelles tonalitats de coure. Els colors torrats, pàl·lids. Aquell envelliment de les fulles caduques que dotava el paisatge d'una intensitat fascinadora, ferruginosa. L'ajudava a pensar. ¿Què podia fer? A mesura que passaven els dies, arribava a una conclusió: havia d'esperar que la vida ho col·loqués tot en el seu lloc. Hi havia una saviesa en el «no fer». En el taoisme, se'n deia «l'activitat sense acció»: asseure's en silenci sense fer res. A l'antiga Xina aquesta pràctica havia esdevingut una de les més grans fites o virtuts. Res a veure amb la inactivitat de l'estat ordinari de consciència, o, més ben dit, d'inconsciència, amb la inactivitat que sorgia de la por o la indecisió. El vertader «no fer res» implicava que no hi havia resistència interior. Era un estat d'alerta des del qual, si hi havia d'haver acció, la persona ja no actuaria des de la seva ment condicionada —des dels automatismes del passat—, sinó que respondria a l'acció des de la presència conscient. És a dir, de manera espontània faria el que li dictés la vida (o el seu guia interior).

Aquelles setmanes en Jofre anhelava intuir, copsar, quina havia de ser la seva reacció. La reacció a l'agressivitat de la seva muller, però també al seu distanciament. I, esclar, a la seva malaltia. Perquè sí, ella era una malalta, encara que ho negués.

Ho va corroborar un matí feiner, durant una reunió de treball amb en Josep Maria Fericgla.

Es trobaven al despatx del seu soci, al capdavall del caminoi que els treballadors del campus havien batejat, en un rètol, com a «Avinguda Fericgla». Era un espai auster, blanc, amb un escriptori de fusta, una cadira, un sofà vermell i una llar de foc que desprenia una olor acre de sutge. Les parets estaven cobertes de llibres, sobretot d'antropologia i d'estats ampliats de consciència. N'hi havia també de Henry David Thoreau. Com Thoreau, en Fericgla aspirava a viure una vida simple, des de l'essència, allunyat del «sistema». El pitjor desastre de la humanitat durant el segle XX, n'estava convençut, més fins i tot que les dues guerres mundials, havia sigut la desconnexió de les persones de la natura, de la mare Terra. El fet que s'haguessin amuntegat a les grans ciutats enmig de ciment, duent unes vides aparentment civilitzades però del tot artificials. Així s'havia gestat l'actual neurosi col·lectiva. La gent estava malalta del cap, però com que eren tants, com que la malaltia afectava una gran majoria, no se n'adonaven i la confonien amb la normalitat. Gairebé totes les persones que demanaven ajut a en Fericgla —a banda d'antropòleg, també exercia com a psicòleg—, ho feien per aquella neurosi.

Aquell matí, un dijous, havien començat la reunió enraonant d'algunes d'aquelles persones, pacients que darrerament en Josep Maria havia tractat a la seva consulta de Calella i als quals havia animat a ser voluntaris del centre. Tots tenien un punt en comú: estaven desorientats, perduts, no sabien cap on tirar. Hi havia un noi que volia deixar de ser addicte a la cocaïna; una noia que es deia Magda i que havia patit brots psicòtics (els psiquiatres li receptaven massa tranquil·litzants i, com hauria dit la Daniela, la deixaven sedada i estabornida), i una dona d'uns cinquanta anys, anomenada Pepa, contagiada amb el virus de la sida. A tots tres, en Fericgla n'estava convençut, els serien d'allò més útils les rutines de Can Benet Vives, i una vida amb estructura i propòsit.

—He pensat —va dir en Fericgla a en Jofre— que la Pepa faci d'ajudanta de cuina, i que la Magda s'ocupi d'elaborar les postres, també com a assistenta. Ens falta decidir què pot fer l'altre noi, Max es diu, mentre es desintoxica. Com que és molt traçut, ens podria donar un cop de mà en les feines de manteniment.

Aquella era una de les moltes converses que mantenien per resoldre qüestions concretes. Tot just feia una estona, a primera hora del matí, n'havien tingut una altra per fer un repàs al projecte d'una obra important: a Can Benet Vives hi instal·larien quatre fosses sèptiques que evitarien que les aigües brutes es filtressin al subsòl de la muntanya. Quan havien acabat la reunió, sense transició, en Fericgla havia anat a plantar, a diferents punts del campus, uns cactus de San Pedro que acabava de dur del seu darrer viatge a l'Equador. A banda de les seves propietats al·lucinògenes, eren útils per protegir de robatoris i gent no desitjada; al país d'origen n'hi havia fins i tot a l'entrada dels bancs. I en Fericgla n'havia estat plantant, abans de tornar al despatx. Feia molts anys que treballaven junts. Es complementaven: en Josep Maria era el Yang i ell era el Yin. En Jofre sabia com manegar el caràcter fort del seu soci, sobretot quan els treballadors no feien bé la feina, o alguns grups de ioga del cap de setmana no respectaven les mínimes regles de convivència, fent xivarri fins a altes hores de la matinada. Però en Fericgla també tenia un costat amable; només calia observar-lo durant els tallers, i cuidant els amics i els animals. En aquell moment, mentre enraonava amb en Jofre, acaronava la gossa Nadala.

Aquell dia anava vestit amb pantalons de pana, camisa de franel·la, caçadora verda i botes. La seva indumentària solia ser rústega. Era com si tingués nostàlgia de la selva amazònica, de les nombroses temporades en què hi havia viscut, aprenent dels xamans. D'ells dos, el xaman era en Fericgla. Era el que s'havia treballat més (com si diguéssim, era un organisme més evolucionat). Sovint, durant les preses d'ayahuasca, era capaç de veure com seria el participant al cap de molts anys, fins i tot després de mort: en veia la calavera. Tenia la intuïció molt accentuada. Feia molt de temps, abans de comprar Can Benet, va decidir que tant sí com no havia de passar una nit a la finca, dormir-hi, encara que pràcticament estigués en runes. L'endemà li havia dit a en Jofre que endavant, que podien comprar Can Benet Vives, perquè així l'hi havien suggerit els somnis (en Jofre no havia acabat d'entendre si havia dit «els» somnis, o «en» somnis). I hi havia afegit, en Ferigcla, en un to sorneguer: «Hi ha un fantasma rondant per la casa, l'antic propietari, però no ens portarà cap problema». I, en efecte, al llarg dels anys molts visitants havien notat sorolls estranys, un alè al clatell, o com unes mans els treien els llençols mentre dormien, però ningú no s'havia espantat gaire, perquè ja sabien que per allà hi rondava «en Martínez», com anomenaven el fantasma. La visió d'en Fericgla havia sigut encertada.

I ara, al seu despatx, proposava a en Jofre que tres voluntaris amb problemes severs assumissin algunes de les tasques de Can Benet Vives. Sempre trobava nous motius per admirar-lo. Com a psicòleg, estava fent una tasca important de rehabilitació i de reinserció social.

—Ets una ONG amb potes, Josep Maria —li va dir, tot rient.

En Fericgla, com si no hagués sentit l'elogi, va afegir, sense deixar d'acariciar la Nadala:

—Per cert, la Marta, la noia dels brots psicòtics, fa uns pastissos molt bons. La Daniela es posarà les botes: he vist que darrerament menja molt de dolç. L'altre dia em va semblar que menjava uns dònuts, oi?

En Fericgla no l'hi havia dit amb segones. De ben segur no li havia fet aquell comentari per burxar-lo, ni per tafanejar. El seu soci era d'allò més directe, i si estigués preocupat per la Daniela, l'hi hauria preguntat. Alhora era respectuós, i no trauria a col·lació la mancança de la Daniela si en Jofre no hi donava peu. Amb el benentès que ell tampoc no tenia clar que el seu soci estigués al cas de «la mancança». Òbviament devia haver vist el dia a dia d'ella al campus, devia haver intuït que alguna cosa no acabava de funcionar en ella. Però mai no n'hi havia fet cap esment. I, ara, aquella referència als dònuts no era res més que un comentari distès, informal.

—Oh, i tant! Darrerament, amb tanta feina, la meva muller necessita regalar-se algun caprici que li provoqui emocions dolces. —En Jofre acabava de mentir, i ho sabia. A més, havia sigut poc precís i recargolat: la gent no anava menjant dònuts buscant «emocions dolces». Però la frase li havia sortit d'aquella manera; devia estar massa capficat en les emocions i el món emocional.

En aquell punt, en Fericgla anava a donar per acabada la conversa. Va deixar d'acaronar la gossa i va anar a la taula de l'escriptori, situat davant per davant d'aquell finestral des del qual es veia el mar al fons, i el port de Calella.

Però en Jofre va prosseguir, i va aprofitar l'avinentesa per fer-li una pregunta que li va venir al cap. Això sí, canviant el to de veu, perquè quedés clar que no tenia res a veure amb la seva muller. De tant en tant n'hi feia, de preguntes, al Fericgla psicòleg. Dubtes genèrics després d'alguna sessió de reestructuració d'ayahuasca, amb participants que patien alguna malaltia o trastorn.

—Per cert, Josep Maria, parlant d'emocions. ¿Hi

ha algun nom per a una malaltia relacionada amb la manca d'emocions?

—¿Manca d'emocions? ¿Què vols dir?

—Una persona que no sent res. O que sent poc. Que no sent alegria, ni tristesa.

—Podria ser alexitímia. No obstant, s'hauria de veure quina variant d'alexitímia és. Perquè l'alexitímia sol ser més aviat la incapacitat de reconèixer-les o d'identificar-les, les pròpies emocions. —En Fericgla va dubtar una mica, com fent memòria, abans de prosseguir—: La pateixen persones molt serioses, que parlen molt poc, excessivament racionals. Reaccionen de manera desproporcionada davant emocions que elles mateixes són incapaces d'identificar.

En Jofre va pensar que aquella descripció quadrava amb la de la seva muller, si bé ella podia obligar-se a parlar molt, quan feia conferències. Però sí que era eixuta.

—D'acord, merci, Josep Maria.

—Hi ha persones amb alexitímia molt perilloses. —L'afirmació va agafar desprevingut en Jofre. La Daniela, ¿perillosa? Bé, ell n'havia rebut la demostració tangible, després del seu cop de puny. Per sort, ja no tenia l'ull morat: en cas contrari, en Fericgla hauria fet ràpidament una associació d'idees. Com que acabava d'arribar del viatge del Perú, no havia vist en Jofre amb l'ull morat.

—¿Perilloses? ¿En quin sentit?

—No només no senten o reconeixen les emocions pròpies: tampoc les dels altres. Això, esclar, inclou el dolor. Darrerament s'ha sabut que als Estats Units una d'aquelles agències que fan la feina bruta al govern contracta torturadors amb alexitímia (sí, Jofre, no facis aquesta cara, com si baixessis de la figuera). Els torturadors amb alexitímia no es poden fer a la idea del dolor que senten els terroristes mentre els colpegen, o els maltracten, o els fan tota mena d'aberracions. Per tant, són torturadors d'allò més eficaços.

En Jofre estava perplex. Allò no semblava estar tan allunyat de la Daniela, no pas l'extrem de les tortures, òbviament, però sí aquella incapacitat per sentir el dolor, ni el d'ella ni el dels altres. Li venia a la memòria que el dia que li havia clavat el cop de puny ella se n'havia anat, tan tranquil·la, cap a la cuina. I els dies posteriors no li havia demanat disculpes. No devia ser conscient del dolor real que li havia infligit. En tot cas, era trasbalsador, el que li acabava de dir en Fericgla.

El seu soci devia captar la seva preocupació, perquè va afegir:

—Que consti que no totes les alexitímies són tan extremes. Passa el mateix que amb els psicòpates: no tots són assassins. L'alexitímia, per cert, pot ser cosina germana de la psicopatia.

En Jofre va empassar-se la saliva. Ara sí, volia deixar la conversa en aquell punt.

—D'acord. Doncs gràcies per la informació, Josep Maria.

—De res. Si necessites que t'ajudi, m'ho dius —va fer en Fericgla, abans de seure davant l'escriptori i encendre una de les seves pipes. No, en Jofre no volia la seva ajuda; no volia involucrar-lo en el problema de la Daniela. Si ella necessitava suport psicològic, ja acudiria, si és que no hi havia acudit, a la seva amiga Eugènia Llort.

—Gràcies, Josep Maria, en principi no em cal —li va dir mentre se n'anava del despatx i pensava que el que acabava de dir estava ben lluny de la realitat.

4

El desenllaç va coincidir amb el període àlgid de la carrera de la Daniela, en què va despuntar mediàticament i va arribar al gran públic. Però el que li va passar durant aquell període en Jofre ho va saber a posteriori.

Durant aquell temps van continuar distanciats, amb prou feines enraonaven, si bé ara hi havia una justificació que anava més enllà d'ells dos. Ara ella havia passat a ser popular, l'agenda encara se li havia omplert més, no només la de visites a la consulta, sinó la social, plena a vessar d'esdeveniments als quals la convidaven, a tota mena d'actes públics. Curiosament, el seu tarannà constituïa un dels pilars del seu èxit. A diferència de les sexòlogues que apareixien en els primers programes sobre la matèria que ja emetien les televisions estatals, ella no duia bruses desbotonades, ni feia somriures trapelles davant la càmera. Al contrari, més aviat ostentava el seu tarannà eixut i esquerp. Exhibia una seriositat que era seva i només seva. I des del primer dia els seus seguidors van associar aquella seriositat al rigor professional.

Tot es va accelerar quan la van fitxar com a articulista al diari *El Punt.* Feia temps que aquell rotatiu i el *Diari de Girona* li tenien l'ull posat. Després de la polèmica per les xerrades a la Casa de Cultura, després de la intervenció del regidor de dretes al ple de l'Ajuntament, la Daniela ja havia rebut ofertes per escriure articles als diaris comarcals. Les havia rebutjades, argüint que anava de bòlit i tot just s'estava situant. Tanmateix, ara va acceptar l'oferta d'*El Punt.* Gràcies als articles no només arribaria a més gent, sinó que s'estalviaria feina. El que deia en una xerrada ho podia dir en un article, encara que fos de forma succinta i resumida, amb la diferència que ara el missatge el llegirien milers de persones, per a les quals el diari era el mitjà de comunicació que tenia més credibilitat. Lectores i lectors que potser es qüestionarien la seva vida sexual quan veiessin que la seva capçalera de referència donava importància a aquella temàtica.

Tan bon punt va publicar els primers articles, les televisions locals i les ràdios van començar a convidar-la. Li deien «la sexòloga», així, a seques. Com si n'hi hagués només una.

No li feia gaire gràcia exhibir-se pertot, però s'obligava a recordar que aquella era la seva missió, parlar obertament de sexe, fer tot el possible per normalitzar-lo. De retruc, omplir l'agenda continuava sent una forma de deixar de pensar en ella mateixa, i més ara, amb tantes novetats: cada plató, cada estudi de ràdio, era una novetat.

Anava fent la viu-viu, a pesar de les seves moltíssimes limitacions. Però ella no feia d'actriu, no havia de treballar dalt d'un escenari amb emocions que hagués de pouar del seu interior. Podia continuar sent expeditiva, asèptica, freda, i explicar amb la seva pedagogia habitual —i amb la seva llengua esmolada— com utilitzar unes boles xineses, o la fantasia de moltes dones, que n'abusés en un ascensor un home ben plantat. Sobre aquesta fantasia va escriure un dels primers articles a *El Punt*, i també en va parlar en altres mitjans. Va tornar a ser motiu de polèmica. Benvinguda fos, la polèmica: era publicitat gratuïta.

Era conscient que als mitjans no la convidaven només pel seu talent, sinó per la morbositat que suscitava en el públic masculí. El seu físic era un reclam: l'experta en sexe alta i dura, amb el cos ossut i ben proporcionat. Tot i que a ella el seu cos continuava sense acabar-li de fer el pes. Hi trobava a faltar feminitat, uns bons pits, uns bons malucs o unes bones natges. Però tenia èxit. Acostumava a rebre cartes d'homes que elogiaven una bellesa, la seva, que reconeixien, per variar, que els intimidava. Li admiraven els ulls, els comparaven amb els dels gats. N'hi havia que preferien el rostre angulós. O el fet que dugués el cabell curt, com un noi. N'hi havia del tot respectuoses, i ella les contestava amb un agraïment. Però n'hi havia una altra mena, eren l'altra cara de la moneda. S'ho hauria d'haver imaginat, que hauria de pagar un preu per parlar de sexe. Per bufar, per exemple, com bufava, un preservatiu davant la càmera: mostrava als teleespectadors com posar-se'l o posar-lo. Exhibia el condó de tacte llardós, sense manies. Amb l'excusa, això sí, que servia per prevenir les tan temudes malalties de transmissió sexual.

Hi havia homes que creien que la vertadera intenció d'ella era excitar-los. Homes que es tocaven quan la veien en algun programa de televisió, o quan li llegien els articles. De fet, rebia cartes en què no només li confessaven que es masturbaven pensant en ella, sinó que li feien propostes eròtiques variades, com ara fer-ho en els lavabos dels avions, en ascensors, i fins i tot encastar-la contra un armari. Cartes passades de voltes: ja s'hi havia acostumat. L'autèntic problema era un altre tipus d'homes, uns aparentment més innocents que tan sols la miraven. «Tan sols» era un parlar. Hi havia mirades que la continuaven traient de polleguera. Potser ella tenia la pell massa prima, potser li havien quedat gravades aquelles mirades de què havia estat objecte quan havia sigut una adolescent, les de l'amic de la seva mare, en Pahissa, i les d'aquella colla de galifardeus amb els quals la Constança feia sopars de feina. Fos pel que fos, ara les rebutjava de ple. No suportava els homes que, al carrer, sense conèixer-la de res, se la menjaven amb els ulls. No era imprescindible tenir un bon cos: tan sols per sortir a la tele, i per ser dona, ja eres víctima de mirades fastigoses. Homes que et clavaven la seva mirada adhesiva, una mirada que semblava que se t'arrapés a la pell, i escrutaven cada centímetre del teu cos sense que tu hi poguessis fer absolutament res. Eren mirades que haurien d'estar multades. Una forma d'agressió a la dona, encara que estigués socialment acceptada.

Tot plegat hauria quedat en no res, si no hagués estat per un individu que es va dedicar a mirar-la un vespre rere un altre, a la sortida de la consulta, a la pujada de Sant Domènec. El primer dia que el va veure al carrer, palplantat a l'altra banda de la vorera, va pensar que devia estar esperant algú. Li sonava aquella cara. Però l'home no l'esperava a ella; en cas contrari, hauria anat a la consulta, o bé ara s'hi aproparia i li diria el que li hagués de dir. Era un home d'uns cinquanta anys, gras, boterut. Tenia un aspecte de gran fatiga, l'esquena encorbada, la cara esgrogueïda. Anava vestit amb una roba de pota de gall molt vella. Tot ell brutejava. Potser li volia demanar diners. Però no duia cap objecte a la mà, cap pot en què dipositar les monedes, de manera que ella li va fer un gest de salutació amb el cap i va prosseguir fent el trajecte habitual, cap al pàrquing a buscar el cotxe per pujar a Can Benet Vives, després d'una intensa jornada laboral.

L'endemà tornava a ser-hi. Al mateix lloc de la vorera, quiet com un estaquirot, escrutant-la amb la seva mirada tàctil. Quin fàstic, va pensar la Daniela. No sabia si l'anava a mirar a ella. En qualsevol cas, no podia evitar sentir fàstic. Li hauria agradat etzibar-li: «I tu, ¿què coi mires?». Li tornaven a la memòria les vegades que havia deixat anar aquella frase, sense complexos, quan era una adolescent. I com ho havia dit, també, a nois que estaven de bon veure: en aquells casos, les mirades tàctils les encaixava d'una altra manera. Però aquell individu no només no era gens afavorit, sinó que era repel·lent. No tan sols era gras i tot ell brutejava: també devia ser una mica aturat, ja que quan aquell segon vespre ella va tornar a constatar que la repassava de dalt a baix, s'hi va apropar, li va preguntar si l'estava esperant, i ell no va respondre. Tampoc va fer cap gest de negació ni d'assentiment, ni va moure cap múscul facial que a ella li permetés interpretar que tot estava bé, que no calia que s'amoïnés. Quiet com un estaquirot, i sense dir res. Ella va girar cua.

L'endemà hi tornava a ser. L'endemà i també l'endemà passat i l'altre, a partir de les vuit, quarts de nou, l'hora en què ella plegava. Una estona abans, durant una de les pauses que feia de tant en tant, no res, cinc o deu minuts per estirar les cames, donava un cop d'ull a través de la finestra i ja el veia palplantat davant la façana de l'edifici del davant, sota un rètol publicitari. Per a aquell desconegut allò s'havia convertit en una rutina. De tota manera, ¿l'anava a mirar a ella, realment? ¿I si estava esperant algun altre veí? L'edifici era antic, però hi havia uns quants pisos que s'havien reformat feia poc. Per sortir de dubtes, un vespre la Daniela va fer veure que tornava a la consulta, uns minuts després d'haver-ne marxat. Mentrestant va entrar al Bistrot, un cafè que en aquella hora estava ple d'estudiants fent la cervesa.

Després de fumar una cigarreta, va tornar cap a la pujada de Sant Domènec, com si s'hagués descuidat les claus al despatx. I, tal com es temia, l'home ja no hi era. «L'observador» —com el va començar a anomenar— s'havia fet fonedís. Quedava clar que hi anava per ella.

L'anomenava «l'observador» perquè l'observava fixament i perquè, a desgrat del seu aspecte passiu i abúlic, tenia una mirada penetrant i mesuradora. Duia unes ulleres de muntura prima i lents ovals, que li conferien un aspecte d'erudit. Potser era un intel·lectual, un d'aquells sense sang a les venes. Li venia a la memòria que el primer dia la seva cara li havia sonat d'alguna cosa. No sabia de què, tot i que ara li semblava recordar que li havia vist el rostre imprès al diari. De manera que el divendres següent, quan ella va anar a la redacció d'*El Punt* a dur l'article, va passar per l'hemeroteca, i es va dedicar a fullejar diaris endarrerits. I, al cap de pocs minuts, va veure la seva foto en un exemplar endarrerit. Es deia Tomeu, l'home. Antoni Tomeu. I era un dels articulistes d'opinió del diari. Com que cada article anava acompanyat d'una petita foto de l'autor —també la d'ella—, era inevitable no veure aquell rostre, encara que l'article en qüestió no t'interessés gens ni mica. El cap d'opinió, en Miquel Pairolí, devia valorar d'allò més la prosa d'en Tomeu, ja que escrivia una columna diària. Però a ella no li feia el pes, com va constatar aquell mateix divendres a l'hemeroteca: els de l'observador eren textos basats en anècdotes inconsistents, algunes costumistes, d'altres sobre l'absurd de la vida quotidiana.

L'important era que ella ja sabia qui era «l'observador». Dilluns, quan se'l va trobar de nou a la sortida de la consulta, s'hi va apropar i li va dir:

—Antoni. Sóc la Daniela Costa-Pau, no sé si em coneixes. Tots dos som articulistes d'*El Punt*, encara que no hem coincidit mai a la redacció. —Ell no va dir ni que sí ni que no, va continuar sense fer cap gest d'assentiment amb el cap, ni res que li fes deduir, a la Daniela, que estava d'acord amb el que li havia dit. Bé, tampoc calia estar-hi d'acord o en desacord. Els fets eren els fets, i tots dos eren articulistes del mateix rotatiu. Era evident que ell devia saber qui era ella. Quedava clar que bé que la devia haver llegit, que devia fullejar el diari, ni que fos. Tanmateix, ara no feia ni que sí ni que no amb el cap. Continuava sense dir res i la continuava mirant impertèrrit. Ella va prosseguir—: Deu fer ben bé deu o quinze dies que et veig aquí. L'altre dia et vaig preguntar si m'estaves esperant, i no em vas respondre. ¿Et puc ajudar en alguna cosa?

En Tomeu va continuar mut. Potser no li deia res a causa de la timidesa. Tal vegada era un seguidor o admirador d'ella, i s'havia quedat tallat. Com que la Daniela no podia interpretar de cap de les maneres la mirada d'ell, una mirada que ara mateix li semblava del tot opaca, i com que tampoc sabia com interpretar la seva comunicació no verbal (no tenia clar si feia un posat desvalgut o amenaçador), va girar cua i se'n va anar cap al pàrquing.

¿S'havia de preocupar? En principi no, perquè el tenia identificat. Però no podia quedar-se tranquil·la. No era una dependenta de supermercat, treballava amb material sensible, i havia d'anar amb compte. A més, algunes de les seves pacients eren víctimes de violència de gènere. No els devia fer gens de gràcia trobar-se un home que les vigilava a la consulta de la seva sexòloga. De tota manera, potser les intencions d'ell eren professionals. Potser s'estava documentant per a un dels seus articles i volia descriure quina mena de dones anaven a ca la sexòloga, i amb quines cares en sortien. Un article picant. No, no podia ser, allò seria ridícul, per bé que els articles d'ell eren ridículs: ara la Daniela se'ls llegia dia sí dia també, per tenir més informació sobre en Tomeu, encara que fos tangencial, sobre la seva forma de veure el món. Eren textos que tenien un deix kafkià, cosa que no era gens rara, perquè ben mirat el físic d'ell tenia alguna cosa d'insecte, com els que descrivia l'escriptor txec. Un d'aquells homes que devien escriure perquè eren incapaços de viure, de relacionar-se amb els altres. Per bé que precisament ella no era ningú, ara mateix, per criticar-ho: el dia a dia, li costava Déu i ajut. Continuava estant anestesiada, com si li haguessin arrencat un queixal i no sentís dolor.

Com que l'escena es repetia, com que en Tomeu continuava anant a la porta de la consulta un vespre rere un altre, sense ni tan sols dissimular, repassant-la de dalt a baix, un divendres ella hi va tornar a enraonar. Se li va apropar i, amb la mateixa veu educada de l'altra vegada, li va dir:

—Bon vespre. Si et puc ser útil en alguna cosa, només m'ho has de dir. En cas contrari, has de saber que m'incomoda que vinguis cada dia.

Va ser llavors que, per fi, ell va parlar.

—L'últim que voldria és incomodar-la —li va seguir la conversa amb una veu prima i delicada, que contrastava d'allò més amb la seva aparença barroera.

¿L'hi havia dit amb ironia? Potser ell li estava prenent el pèl. Ella va pensar: «¿Com pot ser, que després d'haver-me estat repassant tants vespres, després d'haver-me escrutat de mala manera, com pot ser que ara digui que no vol incomodar-me? ¿I si és un malalt? Sí, deu ser un malalt, un pervertit eixelebrat». Amb tot, ella no hi podia posar la mà al foc. La fotuda manca d'empatia. A la consulta ho hauria compensat fent-li preguntes, enraonant-hi una bona estona. Així sabria si ell acostumava a fer servir la ironia. De ben segur que devia canalitzar les seves frustracions sexuals escrivint. I fent de *voyeur*, com ella constatava, en primera persona. ¿Devia ser un dels homes que es masturbava pensant en ella? Probablement. Quin fàstic. Amb la diferència que ell no en feia prou, llegint-la al diari o mirant-la a la televisió, i la volia fitar cara a cara. I quan tornava a casa es devia tocar. Al cap d'una estona es devia ficar al llit llegint el llibre premiat a La Sonrisa Vertical (l'acabava de guanyar Almudena Grandes). En Tomeu devia tenir pol·lucions nocturnes.

Ara continuava palplantat a un parell de metres d'ella, seriós, sense dir absolutament res. Tenia l'esquena corbada, l'aire tímid i elusiu. Fins i tot li brutejava el cap, amb uns blens grisos i greixosos passats pel damunt. Avui també duia roba de pota de gall molt vella, de color marronós. ¿No tenia diners per comprar roba decent? ¿Tan poc li pagava el diari els articles? Fos com fos, ella era del tot incapaç d'intuir si havia sigut sincer, quan li havia dit que no volia incomodar-la. Tanmateix, no li pensava donar més corda. De manera que tan sols li va dir, mantenint les formes educades:

—Doncs si no vols incomodar-me, deixa de venir, sisplau.

La petició no va servir de res, ja que la setmana següent ell va continuar amb la seva rutina malaltissa, i no només això, sinó que per acabar-ho d'adobar divendres la va seguir pels carrers de Girona.

Com que cada divendres ella anava a la redacció del diari, va modificar la seva ruta, i en lloc d'anar al pàrquing a buscar el cotxe, com feia de dilluns a dijous, va anar a peu en direcció al carrer Figuerola. I quan es trobava al Pont de Ferro es va adonar que en Tomeu l'estava seguint. A una distància prudencial, però sens dubte l'estava seguint a ella, sense amagar-se. Un testimoni imparcial hauria dit que senzillament un home caminava darrere una dona, a no gaires metres de distància. Un que, per cert, caminava coix. Semblava que anés amb góndola, inestable, balancejant-se d'un costat a l'altre, arrossegant una de les cames. La Daniela estava d'allò més indignada. Almenys continuava sentint indignació. Quan va arribar a la porta del diari, es va girar i el va anar a trobar:

—¿M'estàs seguint? Bé, no sé ni per què t'ho pregunto: és evident que m'estàs seguint.

En Tomeu no va respondre ni va fer cap gest d'assentiment amb el cap. La va mirar seriós i prou. Estava cansat, esbufegava, li costava de respirar, com si hagués fet molt d'esforç. La Daniela es va centrar, un cop més, en la seva cara, a fi d'intentar-ne llegir l'expressió. En concret, es va fixar en els ullets rodons. I si havia de ser sincera, no sabia si ara mateix reflectien una lluentor de malícia. O, al contrari, potser el que hi havia era una estranya i fonda malenconia. ¿I si era un bon home que se sentia captivat per ella? Però llavors, ¿per què coi la seguia? ¿Per què feia cas omís a la petició que li havia fet ella l'altre dia? ¿Per què no li deia res?

—No em respons, per variar. Doncs sàpigues que avui, seguint-me, t'has passat de la ratlla. No t'ho demanaré més: oblida't de mi, sisplau.

En Tomeu se'n va anar. Li devia fer cosa que els redactors del diari el reconeguessin i el veiessin en aquella situació incòmoda. «Tomeu! ¿Què fas aquí?», li haurien preguntat. «¿Així que ara et dediques a seguir la sexòloga, com un vell verd?». Segurament ell, al diari, no hi duia els articles en mà. Tenint com tenia tantes dificultats per moure's i caminar, devia enviar el seu article per fax o mòdem.

Aquella mateixa nit ella va trucar a la Policia Municipal de Girona. A l'agent que la va atendre li va fer un relat de les últimes setmanes. Li va explicar la rutina obsessiva d'un individu anomenat Antoni Tomeu. Una rutina que a ella, no ho podia evitar, la preocupava. Sent sexòloga, quan tenia indicis que un desconegut se li apropava més del compte, com era el cas, se n'havia de protegir. Volia posar en coneixement de l'autoritat, com estava fent ara mateix, aquell assetjament.

—¿Assetjament? —li va preguntar l'agent, a l'altra banda del fil telefònic—. No, senyora Costa-Pau, a dreta llei no podem parlar d'assetjament. Si l'home no l'ha amenaçada ni l'ha intentat agredir, nosaltres de moment no hi podem fer res.

—«¿De moment?». O sigui, ¿m'està dient que he d'esperar que l'home m'agredeixi perquè vostès hi facin alguna cosa?

—No podem impedir —va concloure l'agent— que un home s'estigui a la via pública, sense fer cap mal a ningú, com és el cas.

Així s'havia acabat la trucada a la Policia Municipal, i així s'havia posat fi als esforços per foragitar en Tomeu de la seva vida. No sabia què més fer.

Però la setmana següent va ser la definitiva. Va ser dilluns al vespre, i aquest cop en Tomeu la va seguir fins al pàrquing. Ella se'n va adonar mentre estava baixant l'escala interior, cap al soterrani –1, on tenia aparcat el cotxe. De sobte, al replà de l'escala, va sentir darrere seu, com si el tingués a frec del clatell, un nas emetent un so d'aspiració, un de constipat, amb molts mocs. Es va girar, i es va adonar que l'individu es trobava a pocs centímetres d'ella, gairebé amorrat al seu clatell. Mai no l'havia tingut tan a prop. L'ensurt que ella es va endur va ser colossal.

La seva reacció va ser fruit de l'espant i de la ràbia acumulada. Va agafar l'objecte que va veure més a prop, un extintor penjat a la paret (d'un clau, sense cap vidre que el cobrís) i el va llançar contra els genolls d'en Tomeu. Potser els hi va trencar, ja que va caure estès a terra; no es podia aixecar. Va començar a cridar de dolor. Una expressió de profunda aflicció li deformava la cara, les galtes, la boca.

Però ella no havia actuat amb prou contundència. Aquell home es mereixia un bon escarment.

—Malparit! —va exclamar. I el va començar a colpejar a la cara, amb la bossa de mà. Era molt gran i pesant. Venia a ser una petita motxilla. Passant tot el dia fora de casa com passava, hi duia no només les claus, sinó estris de maquillatge, l'agenda i fins i tot carpetes amb dossiers de clientes.

Li va estavellar la bossa contra la cara, a aquell imbècil. Una vegada i una altra. Que quedés ben escarmentat, el malparit dels collons.

En Tomeu no va fer res per defensar-se, i tot i que es va intentar tapar la cara amb les mans, es va deixar colpejar, del tot passiu. Segurament estava a punt de perdre el coneixement. La boca torçada li impedia d'encaixar les barres. Per la comissura dels llavis s'escampaven regalims de sang. Hi va haver un moment en què va balbucejar alguna cosa, però no se l'entenia; semblava com si a la boca hi tingués un pinyol.

Al pàrquing no hi havia ningú més. La Daniela va continuar colpejant-lo amb la bossa; havia perdut el control de si mateixa. Gairebé experimentava plaer, colpejant-lo. El mateix que sentia a Can Benet Vives quan matava algun tàvec. Ara el mataria, aquell escarabat anomenat Tomeu, de mirada fastigosa. Sí, si pogués el mataria —va pensar mentre continuava colpejant-lo—, i a ella li seria del tot indiferent.

Va ser aquella idea, la definitiva. En Jofre se'n va assabentar al cap d'unes hores.

El primer que va fer ella quan va tornar a Can Benet Vives, mentre ell estava ocupant-se dels darrers detalls dels tallers d'aquell cap de setmana, assegurant-se que al rebost hi hagués menjar suficient i que a les lliteres hi hagués llençols i mantes, va ser anar a la terrassa de l'espai sud, al costat de les plantes oloroses, i seure als peus d'una mimosa enorme que havia quedat torçada després de l'última nevada. Des d'aquell punt tranquil i un pèl aïllat, va agafar el telèfon sense fils i va trucar a l'Eugènia Llort.

Sort en tenia, de ser amiga d'una col·lega psicòloga. Feia temps que no enraonaven, amb l'Eugènia. Ara la necessitava.

Tan bon punt li va despenjar el telèfon, la Daniela va anar al gra. Li va dir que acabava de ferir un home. Necessitava el seu ajut, no pas per l'individu en qüestió, sinó perquè estava desconcertada davant la reacció d'ella, o, més ben dit, pel que havia sentit —o no sentit— mentre l'havia colpejat, primer amb un extintor i després amb la bossa de mà. I sobretot estava desconcertada pel que havia pensat mentre ho feia.

—Anem a pams, Daniela —va fer l'Eugènia, amb la veu serena de sempre—. ¿Has avisat una ambulància?

—No.

—Doncs hi trucaré jo, a emergències.

—D'acord.

—Suposo que l'home t'ha assetjat.

Aquí la Daniela va fer un silenci: no sabia què respondre. El terme «assetjament» era massa ambigu. En cas que en Tomeu la denunciés (cosa que no s'havia de descartar), davant un jutge a ella li costaria de demostrar que l'havia assetjada: aquell estúpid no havia intentat abusar d'ella, ni l'havia amenaçada.

—Davant un jutge, no podria afirmar que m'hagi assetjat. Però jo me n'he sentit, d'assetjada.

—¿De quina manera?

—Amb la mirada.

—¿Què vols dir? ¿Que et mirava?

—Exacte.

—Daniela, disculpa'm, a veure si ho entenc bé: ¿m'estàs dient que has agredit un home tan sols perquè et mirava?

—No ha sigut ben bé així. L'home m'ha mirat de manera malaltissa, durant setmanes. Fins i tot em va seguir pels carrers de Girona. I avui, al pàrquing, me l'he trobat just al darrere.

—Daniela, ¿i no et sembla desproporcionat, haver-t'hi acarnissat? —L'Eugènia ara no es tallava ni un pèl amb ella, a diferència del que hauria fet amb una pacient, perquè no li hauria etzibat mai una pregunta tan directa.

—Sí, l'he colpejat més del compte. Hauria d'haver marxat després d'haver-li llançat l'extintor.

—¿I què t'ha empès a continuar-lo colpejant?

—La ràbia, suposo.

—¿Et sents culpable? —L'Eugènia, ara sí, estava exercint de psicòloga, fent-li preguntes de manual, estirant un fil per arribar a una conclusió que ella ja devia intuir o saber.

—No, no em sento culpable.

—O sigui, no et sents culpable, malgrat que reconeixes que el teu acarnissament ha estat desproporcionat.

—Exacte.

La Daniela s'imaginava l'Eugènia, a l'altra banda del fil telefònic, d'allò més seriosa. Tenia la mena d'expressió que molta gent associava a les actrius franceses. De ben segur que en aquells moments s'estava acariciant el lòbul de l'orella, com feia sempre que rumiava.

—¿M'hauria de sentir culpable? ¿Hauria de tenir remordiments?

—Jo no sóc qui per dir-te si hauries de tenir remordiments o no.

—Eugènia, sisplau, no em tractis com una pacient. No siguis cautelosa, ni vagis amb peus de plom.

—D'acord: doncs seria lògic que en tinguessis, de

remordiments, si tu mateixa reconeixes que t'has passat de la ratlla.

—Doncs no en sento.

—Això ens porta a la mancança.

—¿Què hi té a veure, la mancança, amb la falta de remordiments? —La Daniela s'adonava, mentre feia la pregunta, que ja en sabia la resposta. Aquella era una pregunta retòrica. Ella tenia una incapacitat de l'alçada d'un campanar, no sentia res (deixant de banda la ràbia, com havia quedat demostrat feia poca estona), i per tant era lògic que no tingués remordiments.

—No ho podem saber del cert, què hi té a veure, perquè no t'has volgut posar en mans d'un especialista, i per tant no sabem quin és el teu diagnòstic. Quan tu i jo ens vam conèixer, et vaig recomanar que anessis a Can Benet Vives a prendre ayahuasca, i tot i que no vas fer la catarsi per la mort del teu pare, tot i que no vas aconseguir plorar, almenys vas conèixer en Jofre i et vas casar i vas poder fer una vida més o menys normal. Fins fa poc, fins al dia del casament.

L'Eugènia Llort continuava enraonant:

—Com et vaig dir després del casament, semblaves patir una variant de l'alexitímia. Però com que no et volies posar en mans d'un especialista, perquè no et volies considerar una malalta, no ho vam poder confirmar. El cas és que, pel que m'expliques, la bola de neu s'ha anat fent grossa. No sé si podem dir que la mancança, aquella inicial de llàgrimes, s'ha anat fent gran. No sé si el fet de no haver-la treballat t'ha anat provocant altres bloquejos emocionals. Sigui com sigui, el que t'ha passat avui és molt preocupant. —La Daniela va assentir, com si la tingués al davant. Estava asseguda a la terrassa, als peus de la mimosa, amb el telèfon agafat ben fort. Va continuar escoltant la seva amiga psicòloga—: Sempre t'havia costat posar-te en la pell de les pacients, però ara la teva manca d'empatia, pel que em dius, és total i absoluta. En totes aquestes setmanes no has pogut intuir quines eren les intencions d'aquest tal Tomeu. Per cert, ¿per què no em vas trucar el primer dia? ¿Per què has esperat fins ara? Bé, el cas és que durant totes aquestes setmanes no has pogut intuir què coi volia, aquell home. Potser en realitat t'adora. Potser t'ho volia demostrar a la seva manera, encara que hagi sigut d'una forma inquietant. Potser et volia dir alguna cosa i no s'hi atrevia perquè estava d'allò més nerviós. No saps quines eren les seves intencions.

—No, no ho sé.

—Vull anar amb molta cura, Daniela, amb això que et diré. No t'ho agafis pel cantó que crema. Però com potser deus saber, alguns dels trets dels quals estem parlant, no només la incapacitat de reconèixer les pròpies emocions, o fins i tot la incapacitat d'experimentar-les, sinó la manca d'empatia i remordiments, tots aquests trets, Daniela, t'he de dir (i insisteixo, que no t'ho agafis pel cantó que crema), són trets d'una personalitat psicopàtica.

La Daniela es va quedar blanca. L'Eugènia Llort tenia autoritat moral. Era una gran professional: mai no li hauria fet a la lleugera una afirmació com la que li acabava de fer.

—¿M'estàs dient psicòpata?

—No, Daniela, sisplau, no t'ho agafis així. T'estic dient que alguns trets de la teva personalitat ho són.

—O sigui, que m'estàs dient psicòpata.

—No em facis dir el que no he dit. T'estic dient que alguns trets de la teva personalitat són psicopàtics.

—¿I per què no m'ho havies dit fins ara?

—Perquè ni la teva alexitímia ni la manca d'empatia havien tingut conseqüències greus. Però avui podies haver matat un home. És urgent que et posis en mans d'un especialista. ¿I si haguessis matat aquest tal Tomeu?

Ella, trets psicopàtics. Ella, que havia ajudat tantes dones.

—¿Creus, Eugènia, sincerament, que si jo tingués trets de personalitat psicopàtica hauria pogut ajudar tantes dones?

—No és incompatible una cosa amb l'altra.

La Daniela no se'n sabia avenir. Just en aquell moment va veure en Jofre venint cap a la terrassa: li feia un gest, com preguntant-li si voldria sopar amb tot l'equip (ja era l'hora). Ella va fer que no amb el cap. Tenia l'estómac tancat. Estava atònita. Amb una sensació d'incredulitat aterrida. Tenia por d'ella mateixa. ¿En què s'havia convertit? ¿En una psicòpata? La paraula «psicòpata» li rebullia a la ment. ¿Una psicòpata, naixia o es feia? ¿Sempre ho havia sigut, de psicòpata? ¿La seva psicopatia, o els trets de personalitats psicopàtics, o el que fos, també havia sigut culpa de la seva mare? ¿O bé la bola de neu s'havia anat fent grossa a base de reprimir, ella, les emocions? ¿La nena que no volia ser una bleda assolellada, ni una figaflor; la nena que jugava amb els nois, i es barallava i s'enfangava amb ells, ja era una psicòpata? ¿Ella, una psicòpata? No s'ho podia creure. ¿Ella que havia ajudat tantes dones? ¿L'Eugènia li estava dient que era un perill públic? ¿També per a les dones? Volia desaparèixer, fer-se fonedissa.

No tenia esma per continuar enraonant. Va demanar a l'Eugènia deixar la conversa en aquell punt.

—Ho sento, Daniela —va fer l'Eugènia, abans de penjar—. Però t'ho havia de dir.

L'escena següent va ser l'última. Va tenir lloc al cap d'un parell d'hores, quan en Jofre, havent sopat, va tornar a l'habitació d'ells dos. S'imaginava que la seva muller estaria dormint. Divendres era el dia de la setmana que la Daniela acumulava més cansament. Però era a la dutxa, o, més ben dit, a la banyera. No se solia banyar, perquè associava el bany a la seva mare. La Constança s'hi podia passar molta estona, al bany.

Devia voler relaxar-se. Amant com era dels olis essencials, devia haver-ne afegit a l'aigua del bany alguns, diluïts prèviament amb una mica de sabó. Potser gotes d'oli essencial de llimona, ideal per afavorir l'equilibri, o d'eucaliptus, purificant, desinfectant.

—Daniela, sóc aquí —li va dir ell, a través de la porta.

Ella no li va respondre, i ell va alçar el to de la veu: potser no l'havia sentit.

—Ja sóc aquí, Daniela. T'esperaré al llit, llegint.

Ella continuava sense respondre.

—¿Daniela?

Res de res.

En Jofre va intentar obrir la porta. No va poder. Estava tancada per dins. Era estrany: no usaven mai el passador.

—Daniela, ¿em sents? ¿Estàs bé?

Alguna cosa li devia haver passat. Potser havia perdut el coneixement a la banyera. O podia ser que finalment hagués decidit prendre's medicaments: un sedant que l'havia deixat estabornida. No calia ser tan dramàtic: potser, senzillament, li havia vingut la son, estant tan cansada com estava, i s'havia adormit a la banyera. ¿Però per què s'havia tancat per dins? En Jofre va pensar el pitjor. Havia d'entrar-hi, al lavabo, tant sí com no.

Es va fer una mica enrere i va colpejar la porta. Però com que no tenia tanta força com la seva muller, es va haver de fer més enrere, un parell de metres, i embalar-se i estavellar-se tot ell contra la porta, per trencar el passador i poder entrar. Això és el que va fer, i va aconseguir esbotzar la porta de fusta.

Va constatar, amb l'ai al cor, que no s'havia quedat adormida. El son en el qual ella volia entrar era d'una altra mena.

La banyera estava plena de sang. «Per favor!». En Jofre no se'n sabia avenir.

—Per l'amor de Déu, ¿què has fet? —va ser tot el que va aconseguir exclamar, mentre la sacsejava perquè es despertés (a la recambra de la seva ment una part d'ell continuava pensant que només s'havia adormit). Amb l'altra mà, va agafar com va poder el telèfon. Va aconseguir marcar el número d'emergències.

—Sí, ràpidament, vinguin a Can Benet Vives.

Un cop va haver donat les explicacions perquè l'ambulància pogués arribar al campus, va penjar el telèfon i l'hi va tornar a preguntar:

—Per l'amor de Déu, ¿què has fet?

No li va sortir cap resposta de la boca, rígida i entreoberta, amb uns llavis que ja començaven a tenir el color lila. Hi havia una navalla al marbre del terra, enmig d'esquitxos de sang, aigua i vapor. Mentre arribava l'ambulància, en Jofre va agafar gases de l'armari i va procurar aturar l'hemorràgia dels seus canells.

La fi de l'escena va ser el soroll de l'ambulància, el zelador empenyent la llitera i la Daniela a urgències de l'Hospital Josep Trueta. El mateix hospital del qual ella va sortir per l'excessiva medicalització. L'univers, o Déu, o la vida, o el que fos, tenia un sentit de l'humor macabre.

Estava inconscient a l'UCI. L'important era que,

segons els metges, se'n sortiria. No s'havia de témer per la seva vida.

El primer que va sentir tan bon punt va recuperar el coneixement va ser la veu d'un infermer:

—¿Vostè no és la sexòloga? La meva dona és una incondicional seva. Li està molt agraïda!

Quarta part

LA NIT COMENÇA AL MIGDIA

1

Han passat els anys, molts anys, més de vint-i-cinc. No recordo com em vaig acomiadar d'en Jofre, un cop em va haver explicat la història que acabo de narrar. No recordo què em va dir a tall de conclusió, aquell dia remot en què havíem estat hores i més hores asseguts davant la llar de foc de Can Benet Vives, mentre ell anava enraonant amb la seva veu calmosa i agafant troncs, tions d'alzina, per mantenir el caliu. Suposo que no hi va afegir res més. Suposo que em va mirar amb aquells seus ulls en forma d'ametlla, amb seguretat i alhora amb dolcesa, i que em va proposar que dormís unes hores en una de les habitacions amb lliteres de la masia principal.

A primera hora del matí vaig tornar cap a Girona. No recordo qui m'hi va dur, segurament algun dels voluntaris o treballadors del campus. Sí que recordo que em vaig saltar les classes de la universitat i em vaig refugiar en l'escriptura. Vaig prendre apunts, a rajaploma, de tot el que acabava d'escoltar. Calia que, ara que ho tenia fresc, ho posés negre sobre blanc. Així, el dia que escrivís la història sencera ja tindria els pilars en què sustentar-la, els detalls, sobre els quals Vladimir Nabokov havia dit que en literatura, com en la ciència exacta, ho són tot. Però en realitat prendre aquells apunts, i fer un esbós d'alguna escena i seqüència, com vaig fer (en una llibreta Claire Fontaine esgrogueïda que ara mateix tinc damunt l'escriptori i que m'ha acompanyat al llarg de tots aquests anys, en què dec haver fet una desena de mudances de pisos), era una manera de distreure'm i d'evitar afrontar el meu desconcert i la meva por.

Ara entenia que en Jofre m'hagués insistit a fi que pugés a Can Benet Vives i que després m'hagués dit que tot plegat era qüestió «de vida o mort». Ara sabia que ell no exagerava, en el sentit que la seva dona, en efecte, s'havia trobat entre la vida i la mort. S'havia intentat suïcidar, i no s'havia de descartar que ho tornés a fer. Igual que tampoc s'havia de descartar que pogués agredir una altra persona. No s'havia de descartar que, com li havia passat amb l'articulista Tomeu, ella no pogués intuir quines eren les vertaderes intencions de la seva víctima. No s'havia de descartar que no sentís res mentre la colpegés, o la malferís. Posats a fer conjectures, no s'havia de descartar que l'acabés matant.

Ara jo entenia per què temps enrere en Miquel Pairolí m'havia alertat i m'havia dit que anés «amb molt de compte» amb ella. En Tomeu era un articulista a les ordres d'en Pairolí, i quedava clar que li havia explicat l'incident del pàrquing. Li devia haver confiat, amb alarma, que la dona que havia fitxat era d'allò més perillosa.

Durant la nostra passejada pel bosc, en Jofre m'havia demanat que continués fent el que havia fet amb la seva muller. M'havia dit que no entraríem en el «com», per respecte a ella. Bé, el «com» ni jo mateix el sabia. Sí que sabia que ella havia acabat plorant les dues vegades. Aquell plor d'ella, a en Jofre, el devia haver esperançat. Devia creure que la Daniela —embolicant-se més vegades amb mi— aniria desfent el seu bloqueig, aquell bloqueig que havia anat creixent fins a un extrem preocupant, amb els trets de personalitat psicopàtica. En Jofre devia creure que per fi havia començat a fer la catarsi amb mi, la que fins llavors no havia aconseguit fer de cap de les maneres. «¿Algú s'ha mort, per no haver fet un dol?», havia dit ella amb la seva causticitat habitual, i ara es posava de manifest, de nou, el rar sentit de l'humor de la vida: doncs sí, al cap del temps ella havia estat a punt de morir, encara que no es podia afirmar que la causa hagués sigut aquell dol que no havia elaborat després de la mort del seu pare, igual que no es podia afirmar que el fet d'haver bloquejat les emocions durant tants anys hagués estat la causa dels seus trets de personalitat psicopàtica. Actualment, a banda d'escriure llibres, com a periodista faig divulgació psicològica, i si alguna cosa he après és que no hi ha respostes fàcils, que un trastorn no sol tenir una única conseqüència.

Em ve a la memòria la cèlebre frase de Carl Gustav Jung, que va comparar la trobada entre dues persones amb el contacte de dues substàncies químiques: «Si hi ha reacció, totes dues es transformen». Crec que això és el que ens va passar amb la Daniela. Per bé que jo no sabia què coi devia haver provocat que ella hagués plorat aquelles dues nits. Tornaven a desfilar per la meva ment pensaments antics, com en un disc ratllat, sempre tan reiteratius; el vuitanta per cent dels pensaments que tenim avui són els mateixos que els del dia anterior. Jo pensava: «Va plorar perquè al llit ho vas fer molt malament. Perquè vas ser un inepte». En fi, jo estava fet un embolic.

Aquell dia, l'endemà que en Jofre m'hagués explicat la història amb l'objectiu que continués relacionant-me íntimament amb la seva muller —«Sigui el que sigui el que li has fet al llit, el que t'he de demanar és que ho continuïs fent. Que comparteixis estones d'intimitat amb ella»—, aquell dia em sentia com si hagués de carregar amb un pes massa feixuc, una responsabilitat que no em pertocava. I em feia por l'expectativa d'un futur amb la Daniela. O sigui, ¿havia de consolidar un vincle amb una dona amb trets psicopàtics? ¿I si, amb aquell seu geni, s'enfadava amb mi? Em revenia a la memòria la primera nit, la seva fredor, la seva forma de concebre el sexe talment com un seguit d'exercicis gimnàstics, i també la queixalada que m'havia clavat després que jo li havia tapat la boca amb la mà per no sentir els seus crits. Si m'havia clavat una queixalada la primera nit, vés a saber el que em podria arribar a fer si ens anàvem veient de manera regular.

Quan pensava en la possibilitat de tornar-hi a quedar, em recorria un calfred per l'espinada. Com si la pobra Daniela fos una empestada. Una mena d'autòmat impotent davant els seus impulsos: seguia els seus impulsos fins allà on la portessin. «No, no pensis això», em deia per a mi mateix. «Des del moment que ha plorat amb tu, alguna cosa està canviant en ella. Potser a partir d'ara amb tu serà amorosa i tendra, i potser s'enamora». Però ara, sincerament, ja no em venia de gust que s'enamorés de mi. Em sabia greu, però s'havia esvaït el meu desig per ella. Alguna cosa s'havia trencat, i no em venia de gust tornar-hi a quedar. A banda de la por, sentia rebuig, i em trobava culpable per sentir-ne. ¿Havia deixat de ser un «bon noi»? ¿Què se n'havia fet, del nano que sempre volia acontentar els altres per ser acceptat? Ara em quedava lluny, remotament lluny.

Si avui em trobés en una situació similar, miraria de sentir compassió per la Daniela i, com a mínim, hi tindria una conversa llarga i reposada. Li proposaria que fóssim amics, i que des de l'amistat intentéssim tornar a pouar aquella emoció de tristesa, sense que haguéssim d'acabar al llit. Però aleshores he de reconèixer que no vaig estar a l'altura. La meva reacció va ser una altra: va consistir a fugir.

Aquella setmana no vaig tornar al diari, argüint que no em trobava bé. Una mentida pietosa. Així, divendres, m'estalviaria trobar-me-la. En Pairolí em va desitjar, per telèfon, que em recuperés com més aviat millor. I vaig suposar que el mateix Pairolí li editaria l'article. Me la vaig imaginar arribant al diari amb aquell seu caminar elegant, amb aquella seva bellesa ossuda, les faccions anguloses i aquella mandíbula quadrada que denotava resolució i tossuderia. Amb el seu aire un punt androgin, sense pits ni malucs. Ara jo sabia com la seva mare li havia anat esculpint el físic i el caràcter. La mare, la Constança. El pollastre a l'ast. Al diari, com sempre, alguns redactors masculins devien haver observat la Daniela. Aquelles mirades que semblaven que zumzegessin al seu voltant. ¿Li devien suscitar el mateix rebuig que la mirada d'en Tomeu? No, ni de bon tros; les de la redacció no eren adhesives ni tàctils. Sort, per cert, que en Tomeu no anava mai a la redacció. Sort que no hi havia perill que la Daniela se'l trobés.

El problema el vaig tenir la setmana següent, quan vaig haver de tornar al diari. No pas dilluns, dimarts, dimecres ni dijous, sinó divendres, perquè era conscient que la veuria de nou. En la meva ment, la Daniela era d'allò més perillosa. Suposo que estava influït pel que coneixia ara, no només els seus trets de personalitat psicopàtica, sinó també la seva alexitímia (em venia al cap la imatge dels torturadors nord-americans, incapaços d'intuir què estava sentint la seva víctima).

Aquell divendres, a mitja tarda, quan faltava una bona estona perquè vingués a la redacció, vaig dir a en Pairolí:

—Miquel, ho sento, però em veig incapaç d'editar l'article de la sexòloga. No pas amb ella al costat.

Em va mirar amb aquella seva mirada entre irònica i absent, i els seus ulls grossos oberts de bat a bat.

—Suposo que te'n vols allunyar, i fas ben fet. —Va ser tot el que em va respondre. Em continuava sorprenent que fos tan dur amb una articulista que depenia d'ell. L'agressió a en Tomeu devia haver sigut brutal perquè en Pairolí, sempre tan ponderat, em parlés de la sexòloga en aquells termes. Potser a en Tomeu, després d'haver quedat estès al terra del pàrquing, l'havien anat a buscar en ambulància. Potser fins i tot l'havien ingressat a l'UCI.

Jo no el coneixia personalment, en Tomeu. Sí que n'havia vist les fotografies, i coincidien amb la descripció que me n'havia fet en Jofre. En efecte, tenia un aspecte passiu i abúlic, per bé que les fotografies que publicàvem al diari reforçaven el seu aspecte d'erudit, gràcies a les ulleres de muntura prima i lents ovals. Havíem enraonat per telèfon algunes vegades, i la veritat era que la seva veu sempre m'havia semblat afable i propera. Ara me l'imaginava un articulista un pèl obsessiu, embadalit per la sexòloga de moda, però en cap cas el feia perillós. La Daniela devia ser conscient que amb ell s'havia equivocat.

Amb en Pairolí vam deixar estar la conversa en aquell punt. A partir del divendres següent me'n vaig anar de la redacció ben d'hora, per evitar coincidir amb la que va passar a ser la meva examant. O, més ben dit, vaig ser jo el seu examant, un de passatger.

2

No sé si els divendres següents ella hi va continuar anant, a dur l'article, o bé si va enviar-lo per fax o mòdem. No sé de quina manera en Pairolí li va justificar que de sobte jo ja no hi fos. Només sé que al cap d'uns mesos vaig acabar la beca i que aquella meva absència devia ser interpretada com una negativa. Me n'avergonyeixo. Per ser exacte, m'avergonyeixo de la meva actitud, del fet de no haver anat de cara i haver confessat que la situació em sobrepassava i que em retirava. A la Daniela, m'havia negat a continuar veient-la. I a en Jofre, a ajudar-lo. La conseqüència va ser que vaig perdre el contacte amb tots dos. A ella no la vaig retrobar fins al cap dels anys.

Em van passar força coses, mentrestant, però la majoria no les esmentaré aquí perquè no tenen a veure amb aquesta història. Sí que hi té a veure, en canvi, l'evolució del meu caràcter. No recordo qui va afirmar que durant la primera meitat de la vida hauríem d'enfortir l'ego i durant la segona l'hauríem de desdibuixar. Quan escric aquestes ratlles tinc quaranta-sis anys i crec que l'estic desdibuixant, però en aquella època m'identificava amb la «falsa personalitat» de l'ego. La d'un noi de poble que se'n va a Barcelona i fa carrera com a periodista, i com més graons puja en la professió, com més reconeixement públic obté, més veu com augmenta la seva vàlua. Tot plegat és foc d'encenalls. Però així funciona la societat, el fals sistema de creences col·lectives que ens han instal·lat com un *software* d'ordinador, i així raonava jo durant aquells anys. En Jofre m'havia parlat de la vertadera identitat, de la nostra essència, que no tenia res a veure amb com ens veien els altres, ni amb la posició social que ocupàvem. Però jo semblava haver-me'n oblidat.

No havia oblidat, en canvi, que a la Daniela li havia fet «gràcia» que em posés vermell a la redacció mentre li corregia els articles. L'esforç que jo feia per reprimir o dissimular aquell rubor. O que arrufés les celles quan m'eixordava el soroll. Aleshores m'havia semblat que exagerava, que no n'hi havia per tant. Però quan van passar els anys i em vaig acomiadar mentalment d'ella, quan també em vaig acomiadar de la Universitat de Girona i vaig anar a viure a Barcelona i vaig començar a treballar als serveis informatius d'una emissora de ràdio, i per tant vaig tornar a una redacció, a passar-m'hi vuit o deu hores diàries, vaig recuperar la consciència de la meva sensibilitat. La vaig mirar de fit a fit, com si diguéssim. I vaig descobrir que era la virtut i al mateix temps el defecte més gran de la meva persona.

A diferència de la Daniela, jo no patia cap trastorn. De portes enfora, era un noi delicat, tímid, introvertit, assenyat, un bon noi que aparentment no tenia cap problema. Però de portes endins la meva sensibilitat em suposava un problema. Per bé que, insisteixo, tan sols es tractava d'un tret de caràcter. Les vegades que pensava en la Daniela, l'associava a una malalta, a una pobra malalta que no només em feia por sinó llàstima, molta. I jo era als antípodes: era el noi salutífer i ferm a qui tot li anava bé. Tenia un pensament arrogant, fruit de l'ego, que jo encara trigaria anys a desemmascarar. Al mateix temps, era tímid i introvertit. Conseqüentment, parlar a la ràdio i per tant haver de mostrar-me en públic era tot un repte.

Amb tot, durant el dia a dia m'afectaven massa els estímuls de la redacció d'informatius de l'emissora, tal com m'havia passat a la redacció d'*El Punt* de Girona. Em continuaven tenallant els crits dels companys, sobretot quan aconseguien alguna exclusiva. No m'unia a l'acontentament de tothom, en quedava al marge. Alguna cosa de dins meu migrava de la majoria. A poc a poc vaig anar fent meu el qualificatiu d'«altament sensible», un qualificatiu que no m'agradava gaire, perquè no m'agradaven les categories, ni formar part d'un grup, però que em feia sentir menys incomprès. Segons la psicòloga clínica Elaine Aron, de la qual em vaig llegir tot el que em va caure a les mans, aquell tret de la personalitat afectava entre un quinze i un vint per cent de la població. Per tant, jo no estava sol.

Allò meu no era una fòbia: en cas contrari, no hauria pogut treballar en redaccions populoses. Era més subtil. Segons Elaine Aron, no era exactament un diagnòstic, ni un dèficit, ni una malaltia, i no s'havia de tractar, ni tan sols psicològicament. Les persones altament sensibles teníem un sistema neurosensorial més fi que el de la majoria de gent. Percebíem la realitat amb molts més matisos. Amb tants, que sovint ens col·lapsàvem. En l'argot d'aquest perfil, se'n deia sobreactivació. A diferència dels meus companys periodistes, a mi l'excés d'estímuls i l'adrenalina, en lloc d'engrescar-me, em tenallava. Aparentment, no em passava res, semblava que em quedava dubtós, reflexiu, silenciós. La processó anava per dins.

L'ideal era tornar a casa i refugiar-me en la lectura i l'escriptura. Les novel·les que anava atresorant em permetien conèixer allò que cap assaig m'oferia: la psicologia de la gent, d'una època concreta. I com pensava algú, què li passava per la ment. Ni el teatre ni el cinema em permetien accedir al pensament dels protagonistes. D'altra banda, jo continuava escrivint compulsivament. Esborranys de novel·les fallides. La qüestió era estar en soledat, en un silenci fèrtil. Vaig esbrinar que la introversió era una conseqüència de la meva personalitat altament sensible. Un trenta per cent de les persones amb qui compartia aquests trets, però, eren extravertides. M'agradava estar amb gent, sempre que fos escollida, però preferia de lluny la soledat. Tenia pocs amics, i no hi parlava sovint; necessitava que hi hagués espai entre trobada i trobada i que les converses fossin a foc lent. Quan quedava amb ells, a la nit estava esgotat. També em feien perdre l'energia les multituds que assistien a un concert, o fins i tot les d'un supermercat, o la fressa dels clàxons i el trànsit del centre de Barcelona; els llums dels aparadors, les ambulàncies, els semàfors. Estava convençut que la societat conspirava contra la sensibilitat. I al mateix temps em sentia rar i imperfecte. Era una sensació que sempre m'havia acompanyat, però que s'accentuava a mesura que augmentaven les meves responsabilitats com a periodista.

Amb el pas dels anys, els meus caps em van anar fent confiança i vaig presentar programes radiofònics, diferents informatius d'actualitat política, la qual cosa em va fer popular, no pas famós (com la Daniela, salvant les distàncies). Consegüentment, rebia propostes i invitacions per presentar o moderar esdeveniments i actes públics, en auditoris i teatres. De vegades tenia al davant centenars, fins i tot milers, de persones. O sigui, era el centre d'atenció, allò que precisament havia defugit quan era un adolescent. Si me'n sortia, no era pas perquè tingués unes habilitats innates, al contrari, sinó perquè abans d'una intervenció pública me l'havia preparada amb molta cura. Vaig saber que les persones altament sensibles solíem reeixir en les intervencions públiques perquè no confiàvem en la improvisació. Érem meticulosos, perfeccionistes.

De vegades cometia algun error a causa dels nervis o del meu empegueïment, i em justificava davant el públic fent-ne broma, rient de mi mateix, murmurant que era tímid i que a la ràdio no estàvem acostumats que els oients ens veiessin la cara. En realitat, hauria d'haver dit que jo era una persona altament sensible. Però ningú no m'hauria entès. De ben segur que hi hauria hagut homes que haurien rigut de mi (a diferència de la Daniela, a mi sí que m'importava l'opinió dels altres). De ben segur que més d'un mascle ibèric m'hauria assenyalat amb el dit i hauria dit: «Mi-te'l, el noiet sensible». Se'm feien una muntanya, els mascles ibèrics. Eren l'extrem oposat, l'antítesi de la meva manera de ser. La seva agressivitat, com parlaven alçant el volum de veu, amb estridència. Homes barroers als quals els solien agradar les curses de toros, la música a tot drap, les riallades esclatants, els cops a l'espatlla. Derivaven la conversa (ells no escoltaven i en realitat no conversaven sinó que feien monòlegs, intentant imposar el seu punt de vista, jo tinc raó i tu no en tens i per tant jo sóc superior a tu) cap a un punt que suscités conflicte. I jo, precisament, defugia els conflictes de totes totes. Durant una discussió o una picabaralla dialèctica notava com m'augmentava el batec del cor, el pols se'm disparava i em quedava sense saber què fer ni què dir, del tot ofuscat. Aparentment, continuava estant tranquil, però en realitat l'únic que volia era fugir de la situació conflictiva. Ara entenia per què havia fugit de la Daniela i en Jofre.

Al mateix temps, procurava aprofitar al màxim els aspectes positius de la meva condició de persona altament sensible, com ara la intuïció, o el fet de copsar els detalls més subtils de l'entorn, uns detalls que segons l'especialista Elaine Aron escapaven als sentits de la majoria. En una sala, em resultava fàcil captar els estats d'ànim aliens. No era res extraordinari, i jo estava segur que qualsevol ho hauria pogut percebre amb una mica d'atenció. Tanmateix, hi havia trobades de grup en què ningú no semblava adonar-se del que per a mi era evident: que flotava mala maror en l'atmosfera, que les persones no se sentien a gust, o que no encaixaven bé les bromes, per molt que ho dissimulessin. Aquella percepció meva tan accentuada m'anava la mar de bé a l'estudi de ràdio: notava perfectament la tensió dels entrevistats, o quan tenien el cap en una altra banda, o quan hi havia un abisme entre el que deien i el que pensaven. Detectava quan la seva comunicació no verbal, una mirada, un parpelleig, un gest mínim, delatava que no s'acabaven de creure les seves pròpies paraules. Quan les deien perquè tocava, seguint el manual del partit. I, esclar, també copsava quan mentien descaradament, cosa que passava sovint, massa sovint, fins a l'extrem que, cansat de tanta hipocresia i tantes mentides, va arribar un dia que vaig decidir deixar de ser còmplice d'aquella farsa i vaig abandonar els programes polítics. Hi havia en mi un anhel d'autenticitat, una recerca del que era essencial. I tot i que encara no buscava l'arrel de tot plegat —me l'havia deixat entreveure en Jofre: la visió de la realitat no-dual—, sí que m'interessava d'allò més la psicologia i la conducta humana, i no només com a lector de novel·les. De manera que vaig fer un canvi professional i, com a periodista, em vaig especialitzar en la divulgació psicològica.

Un dia, vaig viure un episodi que em va marcar. Una oient em va demanar un favor ben estrany. Era habitual que l'audiència, als qui treballàvem als mitjans de comunicació, ens fes demandes personals. Internet ja s'havia estès com la pólvora, per als oients era fàcil posar-se en contacte amb nosaltres i ens escrivien per felicitar-nos (o criticar-nos), per fer-nos consultes o per demanar-nos favors. Normalment ens proposaven fer el pregó d'una festa major o, com he escrit abans, fer de moderadors o presentadors en fires o esdeveniments culturals. Però també hi havia les peticions de persones que, per exemple, volien que els enregistressis un missatge de veu, o poder conversar amb tu a través del telèfon per assossegar-se. Jo no tenia més remei que rebutjar la majoria de peticions, no hi hauria donat l'abast, però n'hi va haver una, d'una oient, una petició del tot extravagant, a la qual vaig accedir després de rumiar-m'ho molt. Era tan estranya, la petició, que al cap del temps vaig escriure'n una novel·la.

La dona en qüestió patia un tumor cerebral. Els metges l'havien sentenciada i li donaven pocs mesos de vida. Sense perdre l'esperança, pretenia curar-se d'una manera radicalment alternativa, mitjançant un ritual en què el seu locutor de ràdio preferit li parlaria a cau d'orella, durant tota la nit, mentre ella dormia sota els efectes d'un somnífer. El locutor era un servidor, i els motius pels quals vaig acabar acceptant, a pesar dels dubtes que m'assaltaven fins i tot mentre feia el ritual, els vaig explicar a la novel·la *El silenci*. Llavors no se'm va acudir que en certa manera, amb la Umiko, que és com es deia la dona, practicaria el que no m'havia atrevit a practicar amb la Daniela Costa-Pau, és a dir, una mena de sexe guaridor. No se'm va acudir perquè havien passat molts anys des de l'episodi de la Daniela i perquè els dos casos no s'assemblaven gens ni mica: la Umiko sí que es trobava literalment entre la vida o la mort. La meva aportació podia ser salvadora; almenys ho havia d'intentar. Hi havia un motiu afegit: com a periodista i escriptor, volia investigar fins a quin punt el seu cos tenia capacitat d'autoguarir-se, i escriure les meves conclusions.

Vaig fer el ritual, la novel·la es va publicar i contra tot pronòstic va esdevenir un èxit. Va guanyar el premi Josep Pla del 2009 i va ser la més venuda aquell any a Catalunya. Jo estava eufòric: per fi havia aconseguit escriure un llibre amb cara i ulls i havia obtingut la bona acollida dels lectors. No podia demanar res més. Feia moltes presentacions arreu del país, enraonava sobre la protagonista i la història, malgrat que la premsa insistia a fer-me preguntes sobre un dels temes de la narració, les teràpies alternatives. Jo responia amb educació, però sempre que podia tornava a parlar de literatura i de la història, argüint que jo no era un metge ni un terapeuta, ni havia escrit un assaig sobre teràpies alternatives. Sigui dit de passada, de vegades penso que avui dia seria impossible publicar un llibre com *El silenci*, i que guanyés un premi literari com el Josep Pla. A internet i a molts mitjans hi ha un autèntic linxament contra les teràpies alternatives, una intransigència com mai s'havia vist. Per un motiu: cada cop hi ha més pacients que prenen homeopatia o flors de Bach, o que, posem per cas, van a ca l'acupuntor. I això qüestiona el paradigma de molts metges, i fa perdre diners a les farmacèutiques. A *El silenci* no hi havia cap tesi, perquè crec que una novel·la ha de plantejar preguntes, no pas oferir respostes, però si n'hi hagués hagut alguna hauria estat relacionada amb l'anomenat «efecte placebo». Benvingut sigui, si permet que hi hagi gent que es curi. ¿Quins mecanismes estimulen l'efecte placebo? ¿Què fa que una persona recuperi la salut quan pren un got d'aigua, o un terròs de sucre, pensant-se que s'està prenent un medicament? Com diu el biòleg Bruce H. Lipton, això s'hauria d'estar estudiant a les universitats, la capacitat del propi cos d'autoguarir-se.

El tema sortia de forma recurrent a les presentacions, i en feia dues o tres setmanals per les llibreries d'arreu de Catalunya i l'Estat espanyol. L'esquema de cada presentació era el mateix: una introducció a càrrec d'un escriptor o llibreter, una petita explicació meva sobre l'obra i a continuació les preguntes dels assistents. En vaig fer desenes, de presentacions. I va ser quan va arribar el dia de fer-ne una a Girona que vaig suggerir a la meva editorial que fos en Miquel Pairolí qui conduís l'acte. Així em tornaria a retrobar amb ell, després de tants anys, i així m'assegurava una presentació en què el tema de la malaltia fos secundari, i en què es prioritzessin els aspectes literaris. En Pairolí va acceptar encantat.

Em feia il·lusió retrobar-lo. Jo l'havia anat seguint a través dels seus llibres; llavors acabava de publicar el dietari *Octubre*. Era sorprenent com s'hi despullava, com escrivia no només sobre literatura, sobre els seus gustos artístics i sobre el paisatge, sinó sobre la seva vida privada. Reconeixia que no havia trobat la dona adequada amb qui compartir la vida. «Sempre he sigut un solitari», escrivia. «De jove ho hauria pogut deixar de ser. Però les coses van anar d'una determinada manera... I després, a mesura que et fas gran, t'acostumes a una mena de vida i ja no acceptes fàcilment de canviar-la. Minven la innocència i la confiança, i augmenta la prevenció. ¿Hi ha por, sota aquesta aparent prudència? Potser sí, però tant m'és. Només faltaria haver de ser valent també en aquestes qüestions».

Aquell va ser l'últim llibre que va publicar. Al cap de poc temps va morir, a causa d'un càncer. Sempre m'he preguntat fins a quin punt la seva malaltia tenia un origen emocional. En aquella època, arran de la publicació d'*El silenci,* un prestigiós editor em va confiar que el càncer que patia —i que l'acabaria matant— tenia un origen emocional, relacionat amb una mala passada que li havien fet a la feina. Ell n'estava convençut. Desconec si va ser el cas d'en Pairolí; de vegades he pensat que no va rebre el reconeixement que es mereixia com a gran escriptor que era, i que hi havia en ell un pòsit d'amargor. Però tot plegat només són conjectures meves. L'únic que sé és que quan em vaig retrobar amb ell a Girona estava desmillorat, molt prim, amb la cara amagrida.

Durant la presentació, que va tenir lloc a La Fontana d'Or, ell no va enraonar sobre res relacionat amb la malaltia, més enllà de descriure l'atzucac en què es trobava la protagonista de la novel·la. En Miquel va fer una presentació literària, i va dir tot d'elogis que em van fer ruboritzar, immerescuts i relacionats amb el «món propi» de la novel·la, «comparable al de Yasunari Kawabata i Aldous Huxley». També va explicar que jo havia esculpit cada paraula, com si fos marbre, una lliçó que ell m'havia ensenyat (si bé això no ho va dir) quan era el meu cap a la secció d'opinió. A aquella època no s'hi va referir, més enllà d'esmentar que ens havíem conegut al diari. Potser no volia treure a col·lació el que tots dos sabíem que havia sigut el més important de la meva etapa de becari: l'afer amb la Daniela Costa-Pau. No va ser fins al final de l'acte de presentació, un cop vam haver enraonat amb els assistents, que curiosament no van fer preguntes sobre teràpies alternatives, quan ja estàvem a punt d'acomiadar-nos, que en Miquel em va dir:

—Per cert, me n'oblidava. Una amiga comuna m'ha demanat si li podries presentar el seu primer llibre, d'assaig. M'ha demanat que et demani si n'hi pots fer la presentació a Barcelona.

No va fer falta que en Miquel me'n digués el nom. Amb tot, allò d'«amiga» era discutible. No només per a mi: jo no creia que en Miquel se n'hagués fet, d'amic, de la Daniela Costa-Pau. Però per força hi devia haver una certa confiança entre ells dos, si ja feia tants anys que la sexòloga li anava entregant el seu article setmanal. Això sí que jo ho sabia, era l'únic d'ella que sabia: que continuava publicant el seu article a *El Punt*, un diari molt lleial amb els seus opinadors, fins a l'extrem que a molts només els jubilava quan es morien. I al llarg de tots aquells anys, quan de tant en tant jo havia fullejat *El Punt* (que havia passat a dir-se *El Punt Avui*), constatava que la Daniela estava ben viva.

—Suposo que et refereixes a la Daniela Costa-Pau —li vaig respondre—. Digue-li que hi pot comptar, només faltaria.

Jo tenia com a norma no dir que no a les presentacions que em demanaven els col·legues. Si jo els en demanava, havia d'acceptar fer-ne per a ells. I no podia dir que no a la Daniela Costa-Pau, i menys si venia de part d'en Pairolí. A més, la Daniela, ben mirat, no m'havia fet res dolent. Era ella la que, en tot cas, no hauria d'haver volgut saber res més de mi, després de la manera com jo havia fugit de la relació, sense dir ni ase ni bèstia. Per bé que ara, al cap de tants anys, suposava que ella em devia haver perdonat. En cas contrari, no m'estaria demanant que li presentés el llibre.

—Et trucarà la cap de premsa de la seva editorial per quedar entesos. Espero que vagi molt bé, la retrobada —va fer en Miquel, picant-me l'ullet, esforçant-se per somriure, un somriure que pretenia ser trapella però que malauradament era apagat. Era com si ell no tingués esma, com si estigués molt cansat.

Ens vam fer una abraçada, ens vam acomiadar, i aquella va ser l'última vegada que el vaig veure. Més endavant el van ingressar a l'Hospital Josep Trueta. Amics comuns em van dir que se'l veia d'allò més serè. Em va venir a la memòria una de les lliçons que havia après d'ell com a becari: que ni vivint ni escrivint havíem de ser emfàtics.

Quan va morir, en veure les moltes pàgines elogioses que la premsa va dedicar a la seva obra, vaig tenir una idea políticament incorrecta. Vaig pensar que si, en vida, en Miquel hagués rebut els elogis que rebia ara, potser hauria viscut més anys, i amb més plenitud.

3

Així, doncs, va ser gràcies a en Pairolí que vaig tornar a veure la Daniela Costa-Pau, al cap de més de vint-i-cinc anys. Sense aquell retrobament —que va tenir lloc el mes següent— difícilment hauria publicat el llibre que el lector té a les mans. Ara penso que potser la vida va fer possible aquella trobada a fi que pogués enllestir *La dona que no sabia plorar*. És un pensament risible i pueril: com si la vida no tingués res més a fer. Però sí que és cert que sense aquella última trobada les meves mans ara mateix no estarien teclejant les darreres pàgines d'aquest text. Unes mans que, per cert, no estan fredes ni ertes, perquè tot i que hi ha hagut llargues temporades en què no he pensat en la Daniela Costa-Pau, la seva història sempre m'ha torbat. Una dona amb un bloqueig colossal que fa que pràcticament no experimenti emocions, i al mateix temps tira endavant i ajuda moltes persones i fa divulgació sexual quan ningú més s'atreveix a fer-ho: sempre m'ha semblat una història que m'hauria agradat llegir si l'hagués trobat per atzar en una llibreria. Sempre que, esclar, no fos una història de «superació personal».

Després de la publicació d'*El silenci* les meves editores em preguntaven si tenia algun projecte al cap. Els responia que no, que no havia tingut temps, que jo era un escriptor lent. ¿I al calaix? ¿No hi tens cap història, al calaix?, em preguntaven. I els responia que sí, que al calaix hi tenia desada una novel·la titulada *La dona que no sabia plorar*, però que no la podia publicar, perquè no en sabia el final. Com *El silenci*, estava basada en fets reals. ¿I no saps si la dona ha acabat plorant?, em preguntaven les editores, encuriosides. ¿No saps si finalment s'ha curat? No, no ho sabia, havia perdut el contacte amb ella. Òbviament, no els deia el nom real de la protagonista, ni tampoc els explicava que el motiu que hi hagués perdut el contacte havia sigut la meva actitud covarda de quan era un adolescent davant una situació que em sobrepassava. Tanmateix, els anava donant informació, a les editores, informació amb comptagotes, ja que se sentien atretes per la història i em continuaven fent preguntes. Els explicava que la protagonista era una sexòloga amb la qual jo m'havia embolicat dues vegades i que sí, amb mi ella havia acabat plorant aquelles dues nits, però no pas de tristesa, hi hauria posat la mà al foc, sinó perquè al llit jo ho havia fet fatal. O potser havia plorat perquè alguna cosa de mi l'havia remoguda; potser havia estat l'agent provocador, el catalitzador. Resultava que jo era una persona altament sensible (en aquell punt, la cara de les editores era d'estupefacció, com si els hagués dit que era un extraterrestre), i la combinació de tot plegat, de la meva sensibilitat aguditzada i de la insensibilitat d'ella, devia haver fet que plorés després de l'orgasme. M'hi hauria d'haver continuat veient, amb la sexòloga, per esbrinar-ho, però havíem perdut el contacte. Era tota l'explicació que els donava, ja que si els hagués dit que m'havia espantat en saber que ella tenia trets psicopàtics (en una època com l'actual en què el cinema i les sèries han posat de moda els psicòpates), de ben segur m'haurien donat pressa perquè enllestís la novel·la fos com fos. Ja m'imaginava una faixa a la coberta del llibre amb un subtítol de l'estil «La sexòloga psicòpata». Per sort, les meves editores són grans professionals, que fan la seva feina de manera impecable i que volen que els seus llibres arribin a com més lectors millor. Amb tot, quan aquest llibre surti publicat, faré tot el possible perquè ni a la coberta ni a la contracoberta hi aparegui el terme «psicòpata».

No obstant això, he de reconèixer que una de les coses que em fascinava i em fascina de la Daniela Costa-Pau és aquell seu tret de personalitat, o, per ser exacte, que a pesar d'aquell tret de personalitat hagués pogut fer el bé a tanta gent. Que algú amb trets psicopàtics ajudi les dones a viure el sexe sense manies, i amb consciència.

Consciència: va ser la novetat que em va sorprendre del discurs de la Daniela quan vaig llegir el seu llibre d'assaig. L'editorial me'l va enviar a casa perquè me'n pogués preparar la presentació. El títol ja era explícit d'entrada: *Sexe conscient*. Proposava a les lectores anar un pas més enllà del que havien après d'ella mateixa, de les conferències i els articles, i, sobretot, un pas més enllà del que havien après a internet. Per ser exacte, força passes més enllà. Ara que el sexe havia deixat de ser un tabú, ara que internet estava ple a vessar de pornografia, ara que ja no calia que ella ensenyés com fer una fel·lació, o postures diferents de les del missioner, la seva divulgació havia esdevingut més profunda. Em va sorprendre que hi apareguessin conceptes com «el cos subtil», o els lligams energètics que segons l'autora s'establien per sempre amb la persona amb qui ens n'anàvem al llit, encara que fos només durant una nit. Vaig pensar que en Jofre devia haver influït d'allò més en la seva muller, en el fet que anés més enllà del sexe pel sexe, dels exercicis gimnàstics al llit, uns exercicis que actualment tenien poc interès en un assaig, perquè s'havien convertit en el pa de cada dia a internet. I també vaig pensar que si la Daniela era capaç de basar el seu discurs en aquells conceptes profunds i matisats, devia ser no només perquè ella s'havia renovat o, com es deia ara, actualitzat, en un moment en què precisament a causa de la pornografia d'internet el seu missatge corria el perill de quedar desfasat, fins i tot ranci i resclosit. També vaig pensar que si ella podia parlar del sexe amb subtilesa, era perquè en ella també hi devia haver subtilesa. Ras i curt, perquè es devia haver curat.

«Ja no deu ser una malalta», pensava abans de presentar-li el llibre a Barcelona. «Ja deu haver aconseguit sentir, i deu captar els matisos de la vida, i també del sexe. El sexe ja no deu ser l'única forma que té de sentir. I el deu haver posat, el sexe, al seu lloc». Que potser no era un lloc tan important com el que ella li havia atorgat fins aleshores. Al capdavall, com explicava en el llibre, no calia «obsessionar-se» amb el sexe, ni pensar que s'havia de practicar tant sí com no, o amb una regularitat concreta. Ara ella tenia pacients que podien viure perfectament amb poc, o gens.

Aquell era un punt d'inflexió en la sexòloga. Vaig cavil·lar que aquells anys en què havíem perdut el contacte per força es devia haver transformat. No havia deixat d'ocupar-se professionalment del sexe, continuava sent el «pal de paller» de la seva vida, però ara era capaç de relativitzar-lo. «Vés a saber», pensava jo, «tal vegada em trobaré una Daniela sensible. No tant com jo, però sensible, al cap i a la fi. Una Daniela, d'altra banda, que sap que el seu discurs ja no escandalitza ningú, i que per tant ja no deu basar el seu ego en la transgressió. Potser ella també ha desdibuixat el seu ego». Però el més important que pensava, els dies previs al nostre retrobament, era el següent: «Si ha arribat fins aquí és perquè està viva, és a dir, que no s'ha tornat a intentar suïcidar, o que no ha reeixit en l'intent. Si ha arribat fins aquí vol dir que no ha mort ningú, ni l'ha ferit o malferit. En cas contrari hauria anat a parar a la presó, i jo me n'hauria assabentat; hauria llegit titulars de l'estil "sexòloga acusada d'assassinat", o "d'intent d'assassinat". Si ha arribat fins aquí, ja deu haver superat la seva mancança. I amb una mica de sort, durant la presentació del seu llibre, en algun moment que fem petar la xerrada ella i jo sols, tindré l'oportunitat de saber com ho ha fet». Però també em preguntava, imbuït per l'esperit periodístic, si una persona amb trets psicopàtics podia deixar de tenir-los, com per art de màgia. No m'imaginava una psicòpata curant-se de la seva psicopatia, com aquell que es cura d'una depressió. Totes aquelles preguntes em suscitaven molta curiositat, i un interès que he de reconèixer que anava més enllà del personal: era periodístic. I al mateix temps, tornar-me a trobar amb ella em provocava neguit. És curiós que per a la memòria del cos tot succeeixi gairebé en present. Per al cos sembla que no hagi passat el temps quan ens retrobem amb una antiga parella o amb una amistat. La ment ens diu que ja no hi tenim cap vincle, però el cos reacciona com si ens haguéssim vist ahir.

El retrobament va tenir lloc un dijous de març, en tinc anotada la data exacta: 26 de març de 2009, a la llibreria Bertrand de la rambla de Catalunya de Barcelona. Vaig arribar just abans de les set, l'hora prevista per a l'inici. Des de lluny, a mesura que m'apropava a la sala d'actes, la vaig veure conversant amb un grup d'assistents, immergida en el protocol de somriures i presentacions. La sala estava plena de gom a gom, hi devia haver unes dues-centes persones, la majoria dones de mitjana edat, d'allò més expectants, que devien ser seguidores seves. Mentre m'apropava a la sala i baixava la rampa d'accés, vaig passar per davant els prestatges de ciència-ficció, i la meva ment va fer una associació d'idees: em va venir al cap el malson que en Jofre havia tingut després del casament, aquell en què havia vist el cos de la seva muller sense sistema nerviós i amb l'esquelet de ferro —talment com si fos un robot. Com que en la meva imaginació els robots formaven part de les novel·les de ciència-ficció, ara havia fet aquella associació d'idees fàcil, massa fàcil, però l'important era el que la meva ment m'estava dient que potser per al meu inconscient la Daniela Costa-Pau era com de ferro. El meu repte per a l'hora següent, el temps que l'editorial havia previst que durés la presentació, era no deixar entreveure que jo no les tenia totes. Que en el fons la continuava veient com una dona potencialment maligna.

La saludaria sense escarafalls, hi intercanviaria algun comentari informal, alguna plasenteria, i després procuraria fer la meva feina amb la màxima professionalitat de què fos capaç. Igual que ho havia procurat fer feia dues dècades, quan a la redacció del diari li ajustava aquells articles que tenien en mi l'efecte d'un excitant, un de subreptici que pujava gradualment pel meu cos, i em repetia una vegada i una altra: «Aplega la concentració necessària, sigues un professional».

Quan per fi vaig ser davant d'ella, la meva primera impressió va ser que havia envellit bé, amb el benentès que el terme «envellir» no era gaire apte per a una dona de poc més de cinquanta anys, una edat en la qual avui qui més qui menys es considera jove. A la biografia de la solapa del llibre no hi constava l'any de naixement: el text informava que havia sigut «la primera» sexòloga catalana mediàtica, i resumia a grans trets la seva trajectòria, les aparicions regulars als mitjans de comunicació, els articles a la premsa escrita i les conferències a la Casa de Cultura de Girona, i al final esmentava que tenia la consulta al Barri Vell de Girona, amb la qual cosa jo havia deduït que no hi havia hagut grans canvis exteriors en la seva vida. Devien haver sigut interiors. De portes endins devia haver canviat, però aparentment continuava sent la mateixa, perquè quan ens vam fer dos petons el primer que em va dir va ser:

—Goita'l, el peix bullit! ¿Com anem?

Vaig esclafir a riure. La seva llengua continuava sent esmolada. Tanmateix, si m'hi fixava bé, no era ben bé la Daniela que jo havia conegut. D'entrada, com era lògic, el seu rostre mostrava el pas del temps; la pell començava a tenir la textura de la taronja. Amb tot, era una pell cuidada, no tan blanca com jo la recordava, sinó de color de bronze, de gerra antiga. Ben hidratada: feia olor d'oli de coco. Quant als ulls, se'ls havia maquillat. Una lleugera ombra fosca sota aquells ulls blaus, d'un blau entre pàl·lid i agrisat que continuava sent inexpressiu com el dels gats. No obstant això, l'expressivitat de tota la seva persona havia canviat, i molt. La seva actitud era oberta, lluminosa com la claror del dia.

Ara mateix tenia un somriure d'orella a orella, i una mà damunt la meva espatlla, un gest d'allò més afectuós, insòlit en la noia granítica que jo havia conegut. Aquell gest, afegit al somriure generós, la feia menys intimidant, per no dir gens intimidant. Per si fos poc, duia el cabell força llarg, una mitja melena que li suavitzava el rostre i feia que no semblés tan ossut, i que la mandíbula no tingués tant de protagonisme. I també amorosia el seu rostre el fet que duia arracades. Com que duia un collaret amb un petit símbol budista penjant d'una cadeneta, vaig pensar de nou que la influència espiritual d'en Jofre devia haver sigut decisiva. A més a més, em venia a la memòria que en algun fragment de l'assaig ella feia referència a la sexualitat com a «alguna cosa sagrada». Sí, quina diferència que hi havia amb la Daniela que jo havia conegut, només pendent de la fornicació incessant. Vaig pensar: «Potser torna a "sentir" com una persona normal i corrent, i ja no necessita tant el sexe. El continua divulgant, però ha descobert que no és l'única manera d'experimentar sensacions. Però no pensis tant, no facis tantes conjectures, concentra't en el moment present, estigues per la feina».

—No tan bé com tu —li vaig respondre—. ¿Has canviat força, oi? ¿O només m'ho sembla? —Va ser la primera pregunta que em va passar pel cap. Si l'hagués rumiada abans, no l'hi hauria fet. Semblava una pregunta típica de periodista inquisitorial que vol saber respostes com més aviat millor. I no calia que jo corregués tant. Els primers indicis m'assenyalaven clarament que havia superat algunes de les seves limitacions. La dona que tenia al davant regalava generositat i, sobretot, mostrava sentiments. Fins a quin punt, encara no ho podia saber: els seus ulls continuaven sent freds. Ara mateix em miraven com ho haurien fet els d'un felí al fons d'una cova. Tanmateix, no havia encaixat malament la meva pregunta, perquè em va respondre com si res:

—Tu sí que has canviat! ¿Te'n recordes de quan em corregies els articles i et posaves vermell com un tomàquet?

Vam riure tots dos, i vam haver de deixar la salutació en aquell punt, perquè la cap de premsa va assenyalar el rellotge volent dir que era hora de començar. Vam pujar a l'escenari, vaig saludar el públic i vaig fer la presentació de *Sexe conscient*.

El meu propòsit era que fos un acte informal, i ho va ser de sobres, he de dir que gràcies a la Daniela. Per trencar el gel, vaig començar repetint el que m'acabava de dir «l'autora»: que quan li editava els articles, feia anys i panys, em posava d'allò més vermell. «I ara també m'hi posaria», vaig afegir. Conèixer-la, als meus disset anys, m'havia marcat fondament. «Si les assistents sabessin fins a quin punt...». Era una avançada al seu temps. Ja hi havia llavors en ella una elegància excèntrica: aconseguia la singularitat sense perseguir-la. Evitava qualsevol possibilitat de comparació. La frase que més repetia a les conferències de la Casa de Cultura de Girona era d'un vers de Mary Oliver: «¿Què penses fer amb la teva preciosa, salvatge, única vida?». Jo podia donar fe que la Daniela Costa-Pau era salvatge, en el sentit d'alliberada. I no només en aquell sentit, però això òbviament no ho vaig dir a la Llibreria Bertrand.

Quant a l'assaig que estàvem presentant, hi havia

una evolució clara: començava donant resposta als dubtes que encara avui dia tenien moltes dones malgrat la democratització de la pornografia (amb estereotips inclosos: a la majoria de vídeos la dona encara era considerada com un objecte al servei del plaer de l'home; a tall d'exemple, «les ejaculacions facials»), i acabava, el llibre, amb el vessant més espiritual, aquell que sostenia que havíem de deixar enrere el «coitocentrisme»: no calia que totes les relacions sexuals anessin encaminades al coit. El sexe era molt més. I s'havia de practicar no només amb els cinc sentits, sinó amb consciència.

Un cop més, em va venir al cap en Jofre. La seva influència en la Daniela. No vaig poder evitar observar el públic, buscant-lo. Jo mirava d'esquerra a dreta mentre enraonava, com si m'estigués adreçant als assistents —i, de fet, m'hi adreçava—, però en realitat els meus ulls buscaven un home ample d'espatlles i de cabell blanc llarg, recollit en una cua. Un home que, quan jo l'havia conegut, encara jovenejava, com si la vida no l'hagués gastat, a pesar que llavors ja s'havia jubilat i vorejava la setantena d'anys. Vaig pensar: «Però quan tu el vas conèixer, estava passant un mal tràngol. Durant aquell període, sí que la vida el devia gastar. Si ara el veiessis, de ben segur la seva pell ja no seria tibant i sense arrugues». No el vaig veure, ara, al saló d'actes de la llibreria. No hi era. Potser s'havia separat de la Daniela, tot i que malauradament el més probable era que hagués mort. La Daniela no me n'havia dit res; no havíem tingut temps. L'hi preguntaria quan acabéssim la presentació. Ara jo havia de deixar de pensar i estar per la feina. Ella havia agafat la paraula, i ho havia fet, com sempre, enraonant planerament. Era una bona comunicadora, dotada d'oratòria i brillantor. Temps era temps era eixuta, però ara parlava amb vivacitat i el seu to de veu era jovial, alegre. Continuava estant molt contenta.

Després de donar les gràcies a tothom, va resumir breument —«perquè ja em coneixeu de sobres»— què l'havia mogut a ser sexòloga. De seguida va passar a enraonar sobre algun dels capítols del llibre en què s'ocupava de qüestions més pràctiques. A partir de llavors, el que em va sorprendre va ser el seu tarannà. Em quedo curt dient que va estar desimbolta. Hi havia vegades que semblava una humorista. D'entrada, quan va parlar del capítol dedicat a la masturbació (va dir que encara hi havia dones que se sentien culpables pel fet de masturbar-se, i jo vaig entendre que es dirigia només a les dones de la seva edat, al seu públic), va citar una famosa frase de Mae West: «El sexe és com una partida de pòquer: si no tens una bona parella, val més que tinguis una bona mà».

El públic va tornar a riure i em va quedar clar que em trobava davant una Daniela canviada, una dona que no s'agafava tan seriosament, que reia i feia riure i que per tant devia experimentar l'alegria. Quan va comentar el capítol dedicat a la higiene femenina, va esmentar el cas d'una pacient que un dia li havia arribat al despatx amb dificultats per seure: tenia els genitals irritats. Però quan la Daniela li va preguntar com portava el dolor, li va respondre: «Res que el sabó Lagarto no curi, perquè, com deia ma mare, ho cura tot». De nou, el públic va esclafir a riure: moltes de les assistents devien conèixer aquell sabó. El cas era que la pacient tenia la vulva interna molt irritada per haver-lo utilitzat, i no era adequat per alleujar les picors.

Va esmentar altres casos, com el de la pacient que només tenia orgasmes quan se li estimulaven els peus. «Doctora», li havia preguntat: «¿sóc normal si només tinc orgasmes quan el meu marit em toca els peus?». De nou, hi va haver riallades a la sala. El to de veu alegre de la Daniela s'escampava, es disseminava, s'encomanava.

Al llibre, va dir, responia preguntes que es repetien a la consulta, com per exemple si masturbar-se provocava disfuncions sexuals. Sí, encara hi havia dones que ho creien. Altres preguntes: si el semen engreixava; quina era la millor postura perquè la dona arribés a l'orgasme al més aviat possible; si una dona es podia tornar «addicta» al vibrador; per què la postura del gosset feia tant de mal a algunes dones; o si calia depilar-se la vulva per tenir unes relacions sexuals més òptimes. També va parlar del *dogging*, fer sexe en llocs públics, que ara s'havia posat de moda, però que en realitat era una pràctica «molt antiga». En el passat moltes parelles ho havien fet en algun cotxe aparcat en algun lloc discret. «I jo mateixa, quan era joveneta, el practicava als lavabos dels bars en què feia de cambrera».

No em va cridar l'atenció que parlés tant en primera persona (tot i que lògicament no va explicar com ho havia fet amb en Jofre a Can Benet Vives, a l'aire lliure), no em va sorprendre tant el «què», sinó, insisteixo, el «com». Que una autora estigués alegre el dia de la presentació del seu primer llibre era lògic, però no ho era en el cas d'una dona que feia dues dècades no podia sentir l'alegria. «Fora que estigui interpretant, com una actriu. Fora que en aquests moments no senti res de res, i estigui fent el paper de sexòloga simpàtica».

Al cap d'una estona jo tindria l'oportunitat d'esbrinar si la Daniela s'havia transformat de debò. Quan va acabar l'acte, tothom va aplaudir. Les seguidores l'adoraven; la pluja verbal de la Daniela havia impregnat un terra permeable. I va ser després de la signatura de llibres que em va proposar:

—¿Tens una estona més? Podem anar a fer una cervesa, ¿no? I ens posem al dia.

Posar-nos al dia: m'encantava la proposta. Ara que ja m'havia relaxat, em venia de gust xerrar-hi una estona. Intentaria anar amb peus de plom, no fer-li preguntes que la incomodessin, però tot i això procuraria sortir de la conversa traient l'entrellat d'aquella seva transformació: què havia fet que s'hagués curat. Si és que s'havia curat. Què havia fet que una dona amb trets psicopàtics els hagués deixat de tenir, fins al punt que ara mateix semblava haver experimentat empatia amb el seu públic, totes aquelles dones entusiasmades amb el seu vitalisme encomanadís. Ves qui ho havia de dir, en la Daniela de feia vint-i-cinc anys.

Vam anar al Cachitos, el bar més proper a la llibreria. Mentre caminàvem per la rambla de Catalunya, ella va estar en silenci. El dia s'anava enfosquint, difuminant. Hi havia una llenca de claredat ocre al cim de les façanes vuitcentistes. Ella havia encès una cigarreta, d'un tabac del Perú que desprenia una olor forta però alhora aromàtica, noble, purament vegetal. Vaig pensar, per un instant, que ella tornava a ser la mateixa de sempre, capficada («¿Hi havia un punt de maldat, encara, en el seu rostre?»), però vaig canviar la direcció dels meus pensaments quan ella va tornar a somriure. Era com si estigués contenta d'haver-me retrobat. La vaig felicitar per la presentació:

—Has estat realment bé. M'ha sorprès la teva vena còmica.

Em va donar les gràcies i va tornar a somriure, mentre continuava caminant. En el seu rictus hi havia petites arrugues; també al voltant dels ulls. Com que jo —dissimuladament— li escrutava el rostre a la recerca d'algun tret, d'algun senyal, que em revelés si realment ella havia canviat, en veure aquelles arrugues vaig pensar que sí. En cas contrari, la seva pell no tindria aquells solcs, que no deixaven de ser la conseqüència del pas del temps, sí, però també de les expressions que el rostre havia repetit més sovint. En concret, dels somriures. Dels molts que els seus llavis devien haver dibuixat els darrers anys. «Ja no és un robot», vaig rumiar. Va ser un pensament del qual em penedeixo; però què hi farem, no es poden controlar, els pensaments. «És com si el robot, a còpia d'anys, s'hagués transformat en persona».

Al Cachitos vam seure en un dels sofàs vermells, davant una taula de marbre. La llum era tèbia, gairebé agònica. Hi havia un grup de turistes menjant pernil amb pa amb tomàquet i bevent sangria. Va venir el cambrer i la Daniela va demanar no pas cervesa, sinó dues copes de cava.

—Per brindar pels nostres èxits.

«¿A quins èxits es deu referir?», em vaig preguntar. Potser el llibre en si mateix, el fet de publicar-lo, per a ella era tot un èxit. Però no em constava que darrerament n'hagués assolit d'altres, o un dels que la societat considerava exitosos, l'assoliment d'objectius, les conquestes de cara a la galeria, ja que les setmanes anteriors, mentre em preparava la presentació del llibre, havia repassat a internet la seva trajectòria i els darrers anys més aviat havia estat discreta. M'havia fet la sensació que vivia força retirada de l'activitat pública. Que ja no feia conferències, ni collaborava als mitjans de comunicació, exceptuant els articles setmanals del diari. En una època en què per a molts mitjans el sexe ja devia ser un tema gastat, gens cridaner, era com si ella s'hagués reclòs a la consulta. Per tant, ara mateix, la Daniela devia haver fet esment del meu, diguem-ne, èxit.

—Suposo que et deus referir al meu llibre. Moltes gràcies.

—Sí, això de «nostres» era una forma de dir. Enhorabona per la novel·la. —Ens va interrompre el cambrer, que va dur el cava. Sense transició, ella va alçar la copa, va fer el gest del brindis i després del primer glop va afegir, en un to de veu sorneguer—: L'he llegida, i he deduït que finalment vas fer, amb una altra dona, el que no et vas atrevir a continuar fent amb mi. —La Daniela, vaig pensar, sempre tan directa. S'estava referint al que jo havia qualificat de «sexe guaridor». Em quedava clar que en Jofre, potser a pilota passada, li havia dit que volia que continués embolicant-me amb ella. Que m'ho havia demanat. Però vaig deixar de fer cavil·lacions, perquè la Daniela estava a punt de tornar a agafar la paraula, ara en un to més serè i reflexiu—: Ja saps que la vida és cíclica, i que ens torna a posar al davant situacions que en el passat no hem resolt bé. Assignatures pendents. I tu devies tenir per resoldre aquesta assignatura. En qualsevol cas, celebro que ara l'hagis aprovat, l'assignatura, pel que expliques a la teva novel·la. —Parlava amb elegància, sense que els seus comentaris semblessin grollers ni fora de lloc. Al contrari, provocava un efecte de distinció i d'intel·ligència, enmig de les clarors vellutades d'aquell bar, asseguda al sofà vermell amb les cames encreuades. El seu vestit vaporós, de seda, deixava entreveure més rodonesa en les seves cuixes, més carn que vint-i-cinc anys enrere. Segurament no seria mai una dona voluptuosa com la seva mare, però havia esdevingut, gràcies als quilos de més, que li quedaven d'allò més bé, una dona sensual. O almenys ho era per a mi. O potser ja ho era feia vint-i-cinc anys, i jo en aquella època no havia sabut apreciar-ho. Vaig deixar de fer conjectures, perquè ella va tornar a parlar. Va reblar aquell seu petit monòleg, picant-me l'ullet, amb complicitat i picardia—: La llàstima és que a mi no m'has dedicat cap llibre. M'hauria agradat llegir un llibre que es digués *La sexòloga.*

—I a mi escriure'l. Dedueixo que en Jofre et va explicar la nostra trobada. Al capdavall, ell em va convèncer perquè jo pugés a Can Benet Vives amb l'excusa que m'explicaria una història, com a futur escriptor. —Vaig aprofitar l'avinentesa per sortir de dubtes—: Per cert, ¿no ha vingut, oi, el teu marit?

—En Jofre és mort. —Jo anava a expressar-li les meves condolences, però ella va continuar—: Va morir al cap de poc temps que tu el coneguessis. No et vaig dir res perquè amb el teu silenci vaig deduir que no volies saber res més de mi.

—Sempre he tingut ben present que et devia una disculpa.

—Tranquil, des del minut zero vaig entendre

que la situació et va sobrepassar. Al capdavall, eres molt jove. Un nen, com aquell qui diu. Encara que ho dissimulessis amb la teva manera de fer aparentment madura i la teva seriositat.

—La seriositat: mira-te-la qui parla! —vaig exclamar, envalentit pel cava, però de seguida em vaig penedir d'haver-ho dit, perquè segons com podia semblar que estava al·ludint a la seva «mancança». Als tràngols que havia passat durant aquell període en què no només estava seriosa tot el sant dia, sinó malalta. I no era la meva intenció incomodar-la. I menys quan acabava de fer referència a la mort del seu marit.

No m'ho va tenir en compte, em va seguir la broma: va esclatar a riure. Va deixar anar una riallada que per uns instants va sobreposar-se a la música que sonava pels altaveus del Cachitos, una música espantosa: un reggaeton, hi hauria posat la mà al foc, d'Enrique Iglesias.

—Sí, jo en aquella època estava d'allò més seriosa. Massa seriosa. Bé, ja coneixes el moment fatídic que vivia. Semblava un ocell enlluernat, confosa pels llums, sense saber cap on volar. En Jofre em va dir que t'ho havia explicat.

—Pobre Jofre.

—No, res de «pobre». El meu marit va morir en

pau —va fer ella, respirant fondo—. Feia poc que li havien diagnosticat un càncer als pulmons, a ell, que no havia fumat mai. Però no va patir. Vam enterrar les seves cendres al costat d'un xiprer a l'esplanada de Can Benet Vives, la del costat de la piscina, a «l'espai de la mort». Va ser un enterrament molt bonic. «Pobre» no: en Jofre tan sols ha deixat de veure les formes, la superfície de les coses. Tan sols ha mort el seu cos físic. La seva essència continua ben viva. Ja saps que estava convençut que érem molt més que un cos físic. Per tant, a un nivell profund, ell continua estant viu. En certa manera, continua veient imatges. Les imatges mai no s'aturen.

Just en aquell punt de la conversa, vaig fer una associació d'idees i em va venir al cap una pregunta de periodista, una pregunta que a la vegada era políticament incorrecta. Però vaig pensar que si no l'hi feia en aquell moment, no l'hi faria mai més. I a part, era una manera d'introduir «el tema» amb majúscules.

—Daniela, perdona la pregunta que et faré.

—Veig que continues sent polit.

—Perdona la pregunta, perquè l'últim que voldria és incomodar-te. Si no vols, no em responguis. Entenc que el que et demanaré forma part de la teva intimitat, amb el benentès que tu mai no has tingut gaires manies, a l'hora de mostrar-la. Sense anar més lluny, fa una estona a la presentació has dit de passada que de jove t'agradava fer sexe als lavabos dels bars. I, de fet, t'he de dir que una de les coses que jo admirava de tu era que no t'importés l'opinió dels altres.

—No t'enredis. A veure: ¿quina és la pregunta?

—¿Durant l'enterrament del teu marit, vas plorar?

Quan l'hi vaig haver fet, la pregunta, no em va semblar fora de lloc. Era lògic que jo m'ho qüestionés, coneixent com coneixia els esforços que havia fet en el passat perquè li brollessin llàgrimes. Em revenia a la memòria una seqüència, que m'havia imaginat moltes vegades, del seu xicot Oleguer acompanyant-la als cinemes a veure drames. «Les llàgrimes dels collons no surten ni per mal de morir», deia llavors ella, més malparlada que ara. També es plantava davant el mirall, feia veure que plorava, però tan sols sortia del lavabo amb els ulls enrogits. La seva amiga Eugènia Llort l'havia acompanyada a Can Benet Vives, on havia conegut en Jofre, però no havia aconseguit fer la catarsi amb l'ayahuasca. Era lògic que jo ara li hagués plantejat la pregunta, no només pels esforços que havia fet amb l'objectiu de plorar, no només perquè aquell, el fet de plorar, semblava ser el desllorigador per a la curació del seu bloqueig emocional. També era lògic perquè en Jofre, en certa manera, i encara que ella ho hagués rebutjat, li havia fet el paper de pare. O ella l'havia buscat en ell, un pare, inconscientment. I ara que ell havia mort, és a dir, que havia desaparegut aquella segona figura paterna, tenia sentit que jo volgués esbrinar si durant el seu enterrament, potser el dia més simbòlic de la vida d'ells dos, a banda del del casament, ella per fi havia plorat.

—Renoi, ja veig que continues sent periodista. Vols saber si per fi ploro, ¿oi?

—M'agradaria saber-ho.

—¿Per quin motiu?

—Perquè no descarto, algun dia, publicar finalment la teva història. Però canviaré els noms, i no seràs recognoscible.

—I vols un final per a la història.

—Doncs sí, si pot ser. —Vaig pensar en les meves editores. Vaig suposar que els agradaria un final feliç i tancat: que la protagonista hagués aconseguit plorar, i que gràcies al plor s'haguessin esvaït els seus trets psicopàtics. Jo, sincerament, ara mateix no sabia fins a quin punt eren cosa del passat. Perquè sí, estava davant d'una dona riallera i d'allò més amable i afectuosa, fins i tot amorosa (hi havia hagut un moment en el qual havia posat la seva mà damunt la meva, com si fóssim vells amics), però jo continuava sense saber fins a quin punt ella estava fent un paper. Fins a quin punt estava interpretant, talment com ho hauria fet una actriu. A més, pel poc que sabia dels psicòpates, em semblava recordar que podien ser seductors i encantadors. I ara mateix la Daniela era seductora: es tirava el cabell enrere amb la mà, un gest que vint-i-cinc anys enrere ella no hauria fet, en cas que hagués dut el cabell llarg. També hi havia un altre detall que em feia sospitar: la mandíbula. Pel poc que jo sabia, els psicòpates acostumaven a tenir una mandíbula quadrada, com la de la Daniela. «¿Però què són, aquestes especulacions?», vaig pensar. «¿Com pots jutjar una dona a partir dels seus trets físics? No t'enredis, com diria ella, ni facis judicis fàcils. Només faltaria que totes les persones amb la mandíbula quadrada fossin psicòpates. Deu dependre de molts altres factors. Sí, d'acord, però amb la Daniela hi són, alguns d'aquests factors».

—Doncs t'aviso —em va respondre— que si finalment publiques la meva història, el final haurà de ser obert. ¿T'agraden els finals oberts?

—Com a escriptor i lector, sí. Però no pas com a periodista.

Ella em va mirar amb reticència, una mica contrariada. De sobte el seu to de veu va canviar. I el següent que em va dir, ho va expressar amb un èmfasi irat:

—Esclar, els periodistes sempre tan reduccionistes i curts de mires, sense veure-hi més enllà dels nassos, circulant amb els llums curts, i no pas amb els llargs. —Vaig suposar que devia haver tingut una mala experiència amb algun periodista. Potser en l'època en què feia col·laboracions als mitjans de les comarques gironines. Aquella època en què la cridaven per la morbositat que suscitava una noia parlant de sexe—. Sempre busqueu, els periodistes, respostes fàcils. Tot ha de ser blanc o negre. Em ve al cap una frase d'un taoista xinès que sovint repetia en Jofre: «La nit comença al migdia». Doncs això. Res no és A o B, blanc o negre. La realitat és tota ella mescla i barreja i té una base esmunyedissa. En canvi, els periodistes reflectiu una visió de la realitat infantil, amb bons i dolents, i bones i males persones. Tu mateix, quan eres un becari, m'havies dit que un dels teus propòsits era el de ser «bona persona». ¿Te'n recordes?

Va fer un somriure condescendent. No el recordava, jo, aquell seu somriure condescendent, per bé que feia vint-i-cinc anys hauria tingut molts motius per dedicar-me'l. Però el més important, per a mi, ara mateix, era que ella fos capaç d'incorporar aquell matís en el seu somriure. En efecte, jo em trobava davant una nova Daniela, que havia ampliat el seu registre expressiu. Durant anys, el bloqueig emocional devia haver-li impedit de fer determinades microexpressions facials. Era com si abans s'hagués sotmès a una operació de cirurgia estètica, i ara el cirurgià li hagués tret el bòtox (com si això fos possible). Era com si ara la seva pell, petites arrugues incloses, hagués recuperat l'elasticitat de quan ella encara no reprimia les emocions.

—Sí, recordo que volia ser una bona persona. Però no recordo haver-t'ho dit.

—M'ho vas dir aquella nit que vam anar al Nummulit. És lògic que no te'n recordis, estaves molt tallat.

Vaig assentir. Sí, jo estava tallat i empegueït.

—Doncs el que et deia: en la nostra societat de traç gruixut, sempre hi ha d'haver bons i dolents, bones o males persones. Tu mateix, m'imagino que quan vas fugir acoquinat (després que en Jofre t'havia explicat el meu incident amb l'articulista Tomeu), devies pensar que jo era una mala persona, ¿oi?

—No recordo haver-m'ho dit a mi mateix amb aquestes paraules, «mala persona», però sí.

—Doncs sàpigues que no existeixen les bones persones. Tots tenim zones d'ombra. En tots i cadascun de nosaltres hi ha forces constructives i d'altres de destructives. Depenent de les circumstàncies en què ens trobem, podem fer «bones» accions o «males» accions. Depèn de l'interruptor que premem, o que la vida premi per nosaltres. Hauríem d'aspirar a ser persones completes, no pas bones persones. Ser algú complet vol dir conèixer la pròpia ombra i integrar-la. I quan tu em vas conèixer, jo estava fent aquest procés.

En aquell punt de la conversa, em van tornar a venir al cap (els pensaments sempre tan reiteratius) els seus trets de personalitat. Si ella era una psicòpata (i de fet la possibilitat que ho fos era el que realment m'havia fet fugir d'ella), llavors jo no entenia per quin procés havia estat passant aleshores. ¿Per quin «procés» podia passar, una psicòpata? Però potser podia decidir què en feia, de la seva psicopatia. Com actuava o deixava d'actuar. Què feia o deixava de fer amb els seus impulsos agressius.

—He de reconèixer, Daniela, que et faria més preguntes.

—Endavant. Però oblida't de les respostes de blanc o negre, de bons o dolents.

—Bé, doncs tinc el dubte de si t'has curat. —No vaig afegir «de la teva psicopatia».

—¿Si m'he curat? Com la protagonista de la teva

novel·la. Umiko, ¿oi?, es diu. S'ha curat, i tots contents i vam ser feliços i vam menjar anissos. O curats o malalts. ¿Així veus la vida, tu, també? —Aquí es va tornar a posar seriosa—. Et respondré amb una altra pregunta: ¿estàs curat, tu?

—De què.

—De la teva alta sensibilitat. Per a tu no deu ser una malaltia, aparentment només ets un noi delicat, però de ben segur que et dificulta enormement viure en societat. Segur que des que tens ús de raó t'has sentit «diferent». Segur que trobes el món massa agressiu. Et deu tirar enrere el soroll, o fins i tot la llum, o les multituds bigarrades. Segur que t'atabales quan has de fer dues feines alhora. Segur que evites els conflictes, i això fa que et superin i que a la llarga et vegis immers en situacions que no tenen sortida. I llavors perds la confiança en tu mateix i en els altres. Per tant, ¿qui ho diu, que tu siguis una persona sana? Et recordo que segons l'Organització Mundial de la Salut, la salut és un estat de benestar físic, mental i social, i no només l'absència d'afeccions i malalties.

—O sigui, Daniela, que tu no t'has curat.

—No, aquesta afirmació no és certa. Tampoc és certa la contrària.

—A veure si ho estic entenent bé. Tu tens, diguem-ne, les teves mancances (per bé que jo diria que són moltes menys que quan et vaig conèixer), però pots fer vida normal. A pesar d'aquestes mancances.

—A mi m'agrada la imatge d'una vinya. És guerxa i torta, però pot fer bon raïm, i un bon vi. Doncs jo sóc aquesta vinya. Crec, modestament, que alguns dels meus fruits no han estat del tot malament: tu mateix, fa una estona a la llibreria, has vist algunes de les pacients a les quals he donat un cop de mà. —Va respirar fondo i va canviar de tema—: I responent a la teva pregunta: sí, vaig plorar durant l'enterrament d'en Jofre. No gaire. Em van rajar algunes llàgrimes, les justes per poder dir que per fi havia plorat. Però com pots suposar, van ser tot un regal. Els ulls aquosos. Les gotes damunt la pell, baixant pels pòmuls. Fins i tot les vaig voler comptar: nou llàgrimes. Ni una més, ni una menys. Una, dues, tres, quatre, cinc, sis, set, vuit, nou. Comptar-les era una forma d'atenció plena, de meditar, en un moment de tristesa. Sí, estava trista; no tant com ho hauria estat una altra vídua. No estava desolada, però sentia tristesa, una de somorta. M'hauria d'anar acostumant a experimentar les emocions de manera tèbia, com música en sordina. O com si les veiés, les emocions, rere un vidre opac. Però allò ja era molt.

»També notava una opressió al pit. Benvinguda fos, aquella opressió. ¿Quins pensaments la provocaven? Doncs uns de relacionats amb el gran home que se n'acabava d'anar; el seu cos físic, vull dir. L'home a qui molts havien considerat un mestre. Ell no s'hi considerava, entre altres coses perquè havia sigut incapaç d'ajudar la dona que més s'estimava. Se sentia impotent, havent fracassat com a guia espiritual o el que fos; ell era humil i no es penjava cap medalla ni creia que pertanyés a cap categoria. Sí, havia fracassat amb mi: jo havia agredit un home, i m'havia intentat llevar la vida. Després havies arribat tu, un regal caigut del cel, però te n'havies anat de seguida, i he de dir a favor d'en Jofre que mai no va sortir d'ell un mot crític amb la teva persona.

»Al cap del temps, com que jo continuava immersa en el meu desfici, va llançar la tovallola. Va emmalaltir d'una afecció pulmonar, és a dir, va emmalaltir de tristesa. I no va trigar gaire a morir. Durant el seu enterrament vaig pensar que el meu marit, sense pretendre-ho (o potser sí que ho havia pretès), amb la seva mort m'havia aconseguit ajudar. Perquè, ara sí, jo havia obert el cor i estava plorant, davant la seva tomba.

»Hi ha una cosa que t'he de dir abans d'acomiadar-nos: aquell plor no hauria sigut possible sense tu.

M'has preguntat si havia plorat durant el funeral, però en canvi no sembles tenir present que amb tu ja ho havia fet. És com si rebaixessis la importància d'aquelles dues nits amb tu. Si fos periodista o escriptora, la pregunta important que em faria seria la següent: ¿per què vaig plorar amb tu? Vet aquí la pregunta. No t'adones que el punt àlgid de la història que vols explicar no és el final, no és si m'he "curat", sinó aquelles dues nits amb tu. Perquè van ser un punt d'inflexió. I la mort d'en Jofre no va fer res més que consolidar una millora que jo havia iniciat amb tu. No fins a l'extrem de convertir-me en una persona normal, això no ho seré mai, ni tu tampoc, però el suficient per haver deixat d'estar anestesiada. Per això la qüestió clau és: ¿per què vaig plorar amb tu?

—Sempre me l'he feta, aquesta pregunta —li vaig dir, i de sobte em vaig posar nerviós. Intuïa que ella m'estava a punt de donar una informació que jo ja sabia, però que ara m'afectaria com fins llavors no m'havia afectat. Vaig deixar la copa de cava damunt el marbre de la taula. Em notava un punt entresuat, amb una agitació interna que feia que el cor em bategués de pressa.

—Doncs vaig plorar amb tu perquè em vas fer pena.

—Et vaig fer pena.

—Tot just feia una estona, al bar Nummulit, m'havies confiat fins a quin punt paties al diari a causa de la teva sensibilitat, una sensibilitat que jo t'havia dit que em feia gràcia, però que segons em vas estar explicant mentre preníem la cervesa (per la cara que fas, veig que no te'n recordes), a tu sempre t'havia fet anar de corcoll. Em vas dir que quan eres petit no només et bloquejaven l'excés de soroll o les multituds. També ho feia un perfum intens, o l'olor d'un tub d'escapament, que de vegades notaves al paladar, com si tingués gust, fins a l'extrem que vomitaves en ple asfalt. Anaves a les festes dels teus amics, però de seguida en volies marxar. I en fugies tant sí com no, sobretot quan llançaven petards. El seu so et sobrepassava, com si fossis un pobre gos. I a classe l'estridència de les dinàmiques de grup també se't feia una muntanya. Et senties fora de lloc, una persona desplaçada. Tot t'ho agafaves a la valenta, podies estar dies donant voltes al comentari feridor d'un company. En resum, eres un inadaptat, un noi que ho tenia francament difícil per viure en societat. Era com si haguessis sortit defectuós de fàbrica, i ja em diràs tu qui era jo, per jutjar algú defectuós de fàbrica. Potser aquest va ser el motiu pel qual vaig connectar amb la teva ferida existencial. La teva era la meva. I quan al final vam acabar al llit, i vaig veure que eres incapaç de deixar-te endur i que et col·lapsaven els meus crits de plaer, em vas fer molta llàstima. Eres poqueta cosa. Tot se t'havia de dir com a través d'un filtre de cotó fluix. Vaig pensar que a la llarga series de la mena d'homes fràgils que no saben manejar-se per la vida.

»Digue'm conservadora, sí, em dec haver tornat conservadora, però crec que la funció dels homes és anar a caçar: cal que siguin ferms i masculins. Tal com entenc ara les relacions, en una parella la dona ha de seguir l'home, i l'home l'ha de servir. I, si pot ser, venerar-la. I tu llavors em veneraves, admiraves la meva empenta i el fet que fos valenta. I si ho admiraves era perquè tu n'estaves totalment mancat, d'empenta i valentia, perquè eres un noi flonjo, un figaflor, i sempre ho series. Al final de la nit, una idea nebulosa es va anar aclarint en la meva ment, com el perfil d'un arbre es concreta i defineix a mesura que escampa la boira: eres exactament igual que el meu pare. Vet aquí la meva pena. Sí, igual que el meu pobre pare Ciril. Un home no apte per a la vida. O almenys un home no apte per a la societat patriarcal. No faries mai res: eres defectuós de fàbrica. Sí, em vas fer molta llàstima.

Reconec que no vaig saber com reaccionar al que m'acabava de dir la Daniela. Ara mateix, el meu rostre devia estar blanc com el paper de fumar. Aquell meu esbalaïment el devia accentuar la llum de les bombetes del Cachitos, que desprenien una llum escassa, blanquinosa.

—Gràcies per la sinceritat, Daniela. —Va ser tot el que li vaig poder replicar. No li vaig poder dir res més. Se'm va trencar la veu.

—Ei, ¿què passa? —em va preguntar ella, aparentment preocupada—. ¿Per què plores? ¿M'he passat de la ratlla? Ostres, em sap greu. No, no ploris, sisplau. ¿Vols un mocador?

Agraïments

Vull donar les gràcies a en Josep Maria Fericgla i a l'equip de Can Benet Vives. A la Sandra Bruna, la Glòria Gasch, l'Anna Soldevila, l'Emili Rosales i en Jordi Llavina, per les seves valuoses observacions. M'han estat útils els llibres *Ayahuasca* i *Exploraciones psicodélicas*, de Claudio Naranjo. També *Els jívaros, caçadors de somnis*, de Josep Maria Fericgla. Estic especialment agraït a la Mireia Darder i la Carme Sánchez, de les quals he après al llarg dels anys moltes de les reflexions d'aquest llibre. Al llibre de la Mireia Darder *Nascudes per al plaer* pertanyen moltes de les tesis de la protagonista. I les anècdotes i preguntes del seu discurs a la llibreria Bertrand (actual Casa del Llibre) pertanyen al llibre de Carme Sánchez *El sexe que volem les dones*. També m'han estat útils *El don de la sensibilidad*, d'Eliane Aron, i *El poder de la sensibilidad*, de Kathrin Sohst. I gràcies, sobretot, a la Daniela Costa-Pau.